Klarant Verlag

Die gebürtige Ostfriesin **Sina Jorritsma** aus der Krummhörn studierte in Hamburg Germanistik und Philosophie, bevor sie wieder in ihre Heimat zurückkehrte. Sie veröffentlicht unter Pseudonym, weil sie ihre Umgebung genau beobachtet und Ereignisse aus ihrem Leben in ihre Geschichten einfließen. Das Romaneschreiben ist ihr kleines Geheimnis, das nur wenige Menschen kennen. Bei einer großen Kanne Ostfriesentee mit Sahne und Kluntjes kann sie halbe Nächte durchschreiben, tagsüber hält sie sich mit Joggen fit. Sina Jorritsma lebt mit ihrer Familie in einem kleinen Ort bei Emden.

Sina Jorritsma

Friesenartist

Ostfrieslandkrimi

Klarant Verlag

Kapitel 1

Kommissarin Mona Sander von der Polizei Borkum verteilte sorgfältig Sonnencreme auf ihren nackten Armen und Beinen. An diesem Montag Ende August war es nicht allzu heiß am Hundestrand der größten Ostfriesischen Insel – aber so nahe am Spülsaum und ohne Schatten in der Nähe bestand für die hellhäutige Polizistin trotzdem die Gefahr, sich einen krebsroten Teint zu holen. Und darauf hatte die Kriminalistin überhaupt keine Lust. Sie war fest entschlossen, sich ihren freien Tag durch nichts verderben zu lassen. Ihrer Ansicht nach grenzte es ohnehin an ein Wunder, dass sie während der Hauptsaison die Chance zum Überstundenabbau bekommen hatte. Momentan gab es allerdings auch keinen kniffligen Fall, den sie und ihr Kollege Enno Moll lösen mussten. Daher sprach nichts dagegen, diesen Tag in Gesellschaft ihres vierbeinigen Gefährten zu verbringen. Rufus schien momentan allerdings jedes Interesse an seinem Frauchen verloren zu haben. Die riesenhafte Dogge tobte mit einem Cockerspaniel und einem Labrador in der Brandung. Die Hunde schienen Fangen zu spielen, was unter gewaltigem Gebell geschah. Die Gischt spritzte hoch, während die Tiere sich köstlich amüsierten. Mona schob ihre Sonnenbrille höher auf ihre Nase, atmete genüsslich die salzige Nordseeluft ein und beobachtete ihre Umgebung. Es hätte sich nicht gelohnt, für einen einzigen Tag einen Strandkorb zu mieten – abgesehen davon, dass aktuell wahrscheinlich sowieso keine frei gewesen wären. Daher hatte Mona es sich einfach auf einer bunten Bademutte bequem gemacht. Ein Gruselroman und eine Flasche Limo befanden sich in Griffweite. Die Kommissarin saß mit untergeschlagenen Beinen auf ihrer textilen Unterlage, trotzdem konnte sie bereits die Wärme des Sandes an ihrem Hintern spüren. Mitten am Vormittag hatte sich der Strandabschnitt bereits mit zahlreichen Urlaubern gefüllt. Viele von ihnen verließen nun ihre Strandkörbe oder Windfänge, denn nun tauchte Timo auf. Mona lächelte, als auch sie den Paradiesvogel bemerkte. Immer, wenn er sich zwischen den Badenden sehen ließ, gab es etwas zu bestaunen. Diesmal wollte Timo offenbar seine Mitmenschen unterhalten, indem er eine Kostprobe seiner Jonglierfähigkeiten gab. Er hatte drei bunte Bälle mitgebracht, die er stets in der Luft hielt. Mit scheinbarer Leichtigkeit behielt er einen regelmäßigen Rhythmus bei, drehte sich um die eigene Achse, sprang sogar in die Luft – ohne dass dabei auch nur einer der Bälle zu Boden ging. Die Badegäste applaudierten begeistert. Timo verbeugte sich, schlug einen Purzelbaum und setzte seine Performance fort. Mona konnte von ihrem Platz aus nicht alles sehen, aber sie war Timo während des Sommers schon oft begegnet und hatte gelegentlich ein paar Worte mit ihm gewechselt. Normalerweise begab die Kommissarin sich eher selten zu ihrem Vergnügen an den Strand. Meist waren sie und Enno auf der Jagd nach Taschendieben oder versuchten, den Klauböcken präventiv das Leben schwer zu machen. Einmal hatte ein Hinweis von Timo zu der Verhaftung eines Ganoven geführt. Während ihr diese Gedanken durch den Kopf schwirrten, hörte sie ein Keuchen hinter sich. Sie drehte sich um und bemerkte Alfred Korn. Der rotgesichtige Milchbudenbesitzer stapfte durch den Sand auf sie zu: »So arbeitest du für meine Steuergelder, Mona? Ich verlange, dass du diesen Kerl sofort verhaftest!«

Korn fuchtelte mit dem Arm in Timos Richtung, während er der Kommissarin diese Worte an den Kopf warf. Sie war zwar für ihr überschäumendes Temperament berüchtigt, doch momentan blieb sie noch ruhig: »Moin, Alfred. – Erstens arbeite ich nicht, sondern habe frei. In meinem Badeanzug kann ich weder meine Dienstwaffe noch meinen Polizeiausweis unterbringen, wie du dir vielleicht denken kannst. Und zweitens – warum sollte ich Timo festnehmen? Jonglieren ist meines Wissens keine Straftat.«

»Das spielt doch überhaupt keine Rolle!«, wütete der Choleriker. »Es ist mir egal, ob dieser Clown Musik macht, mit Bällen schmeißt oder auf einem Hausgiebel balanciert. Wegen ihm bleiben meine Kunden weg, das ist geschäftsschädigend!«

Die Milchbuden waren eine Spezialität der Insel Borkum. Man konnte dort für kleines Geld Getränke und Snacks bekommen. Ursprünglich war die wichtigste Speise, die dort angeboten wurde, Milchreis gewesen – daher der Name. Mona kannte alle Milchbudenbesitzer und wusste, dass Korns Geschäft nicht besonders gut lief. Ihrer Meinung nach lag das allerdings nicht an Timos Darbietungen, sondern an der unfreundlichen Ausstrahlung des Besitzers. Wenn die Menschen ihren wohlverdienten Urlaub antraten, wollten sie nicht mit einem gereizten Nervenbündel wie Alfred Korn zu tun bekommen. Auch Mona selbst hätte es sich nicht einfallen lassen, freiwillig einen Kaffee oder ein Bier bei ihm zu trinken. Und sie wollte auch nicht wegen diesem Mann schlechte Laune bekommen, obwohl sie momentan bereits den Widerwillen in sich aufsteigen spürte.

»Timo wird nicht ewig hier bleiben, Alfred. Wenn du dich ein wenig geduldest, dann zieht er weiter und die Badegäste werden wieder ihren Durst bei dir stillen«, sagte sie – und fügte in Gedanken hinzu: *Vorausgesetzt, dass du dich nicht ständig wie ein Stinkstiefel aufführst!*

Doch Korn schien ihr gar nicht zugehört zu haben: »Dieser Herumtreiber ist eine Gefahr für die ganze Insel! Wenn du dich weigerst, deine Pflicht zu tun, dann werde ich mich wohl bei deinem Chef über dich beschweren müssen. Nur weil jemand mit bunten Bällen um sich wirft, muss er noch lange nicht harmlos sein.«

Mona hatte keine zündende Idee, wie sie diesen Unsympathen loswerden könnte. Timo hatte offenbar mitbekommen, dass es bei dem Wortgefecht zwischen der Kommissarin und dem Milchbudenbesitzer um ihn ging. Er unterbrach seine Jonglier-Nummer und kam lächelnd auf die beiden zu: »Moin, ist alles in Ordnung?«

Timo war ein hochgewachsener und sehniger Blondschopf um die dreißig, braungebrannt und meist gut gelaunt. Die Kommissarin musste sich eingestehen, dass sie ihn attraktiv fand. Inzwischen war sie zwar schon einige Jahre mit ihrem Freund Jan Lummer liiert, deshalb war sie aber nicht blind und taub für die Ausstrahlung anderer Männer. Doch von einem interessierten Blick bis zur Untreue war es ihrer Meinung nach ein großer Schritt. Mona wäre nie auf die Idee gekommen, ihren Liebsten zu betrügen. Sie wusste es zu schätzen, dass er sie trotz ihres nicht gerade einfachen Charakters noch nicht in den Wind geschossen hatte.

Wie auch immer – Timo ist heute Morgen ein echter Hingucker, dachte sie angesichts der Kleidung des Jongleurs, die nur aus knielangen Jeansshorts und einem verblichenen löchrigen Muskelshirt bestand. Korn schien Timos Frage unbedingt beantworten zu wollen: »In Ordnung? Nee, hier brennt der Baum! Du störst nur, merkst du das gar nicht? Warum verziehst du dich nicht dahin, wo du hergekommen bist?«

Korns nicht provozierte Aggressivität schien den jungen Mann zu schocken. Und Mona verabschiedete sich von ihrem Vorhaben, einen unbeschwerten Tag am Strand genießen zu können. Sie erhob sich von ihrem Badelaken, richtete sich zu ihrer gesamten Größe von leider nur eins dreiundsechzig auf und fauchte: »Nun mach mal nicht so eine Welle, Alfred! Noch einmal zum Mitschreiben: Timo hat sich meines Wissens keiner Straftat schuldig gemacht. Wenn du also seinen Anblick nicht ertragen kannst, dann wirst du die Augen schließen müssen, denn der Strand ist für alle da!«

Korn grollte: »Ich hätte mir ja denken können, dass dieser Schleimer dich auch um den kleinen Finger gewickelt hat, Mona. Ihr Weiber seid doch alle gleich, ihr … aaaah, verflucht!«

Der Milchbudenbesitzer beendete seinen Satz vorzeitig, indem er einen Wutschrei ausstieß. Doch nicht die Kommissarin oder der Jongleur waren es, die ihn so abrupt gestoppt hatten. Vielmehr schien Rufus der Meinung gewesen zu sein, dass sein Frauchen dringend Unterstützung benötigte. Die gewaltige Dogge war aus dem Wasser gekommen und hatte sich in Korns unmittelbarer Nähe geschüttelt, worauf der Wüterich eine unfreiwillige Dusche abbekam. Daraufhin verlor Korn schlagartig das Interesse an weiterem Gemecker und flüchtete zu seiner nahegelegenen Milchbude. Mona lachte und tätschelte Rufus' Kopf: »Braver Hund!« Dann wandte sie sich Timo zu: »Hör mal, lass dir von solchen Miesepetern nicht die Stimmung verderben. Du tust nichts Ungesetzliches.«

Ihr lag die Frage auf der Zunge, wovon der Strandartist überhaupt lebte. Sie hatte noch nie gesehen, dass er nach seinen Darbietungen Geld einsammelte, wie es die meisten Straßenkünstler auf dem Festland taten. Doch sie hielt den Mund, denn ihre polizeiliche Neugier war zumindest momentan fehl am Platz. Wenn sie jetzt Timo grundlos ins Gebet nahm, wäre sie nicht besser als Alfred Korn. Der Jongleur lächelte sie an und erwiderte: »Schon gut, gestresste Menschen gibt es überall. Dieser Herr steht sich nur selbst im Weg. Wenn er das nicht erkennt, kann er uns nur leidtun. – Ich habe übrigens eine dienstliche Frage an dich: Stimmt es, dass Mord niemals verjährt?«

Ein so ernstes Thema passte nach Monas Meinung weder zu Timo noch zu der gelösten Stimmung am sommerlichen Strand. Es musste einen guten Grund dafür geben, dass er plötzlich diesen Satz von sich gegeben hatte. Die Kommissarin horchte auf und antwortete: »Mord verjährt tatsächlich nicht, Timo. Aber ein Laie kann nicht beurteilen, ob es sich bei einem Gewaltverbrechen wirklich um Mord oder beispielsweise um Totschlag oder Körperverletzung mit Todesfolge handelt. Was ich damit sagen will: Wenn du dich mir anvertraust, dann werden meine Kollegen und ich beurteilen können, was von der Sache zu halten ist.«

Der Artist nickte ernsthaft. Er hatte ja schon einmal bei der Aufklärung einer Straftat geholfen, wenn es auch ein vergleichsweise weniger schlimmes Delikt gewesen war, nämlich Taschendiebstahl. Darum glaubte Mona nicht, dass er sie veräppeln wollte. Außerdem hatte Timos sonst so heiter und gelöst wirkendes Gesicht einen ernsten Ausdruck angenommen. Mona hatte sich schlagartig von einer »Strandperle« in eine Ermittlerin verwandelt. Es spielte keine Rolle, dass sie im Badeanzug vor Timo stand. Sie wollte jetzt erfahren, was er beobachtet hatte. Der Jongleur schien zu ahnen, was in ihr vorging. Er sagte: »Ich werde dir alles erzählen, sobald ich Bescheid weiß. Ich will nicht unnötig die Pferde scheu machen.«

»Willst du diese Beurteilung nicht der Polizei überlassen?«, fragte sie freundlich. Die Kommissarin steckte in der Zwickmühle. Einerseits mochte sie Timo und wollte ihn nicht unnötig unter Druck setzen. Andererseits – falls er wirklich mit Fakten hinter dem Berg hielt, die zur Aufklärung eines Verbrechens beitragen konnten, hörte bei ihr der Spaß auf.

»Ich verspreche dir, dass ich dich sofort kontaktiere, wenn die Sache klar ist«, versicherte der Artist mit einem charmanten Lächeln auf den Lippen.

Mona wusste immer noch nicht, wie sie sich verhalten sollte. Schließlich lenkte sie ein: »Also gut – aber nur, wenn du mir deine Mobilnummer gibst. Ich möchte dich erreichen können.«

Noch während sie diese Worte aussprach, wurde ihr bewusst, dass man diese Bitte als einen plumpen Annäherungsversuch hätte missverstehen können. Die Ermittlerin hatte in den vergangenen Wochen immer wieder mitbekommen, wie andere Frauen den attraktiven Artisten umschwärmt hatten. Dass sie in diesem Moment in Badekleidung vor ihm stand, machte die Situation nicht besser. Doch Timo schien ihr keinen Hintergedanken zu unterstellen. Er diktierte ihr eine Zahlenfolge in ihr Smartphone. Wenn es vor einigen Wochen bei der Jagd nach dem Taschendieb eine offizielle Zeugenaussage gegeben hätte, dann wäre diese Frage gar nicht nötig gewesen. Doch damals hatte der Artist einfach nur die Kleidung des Taschendiebs beschrieben, woraufhin die Polizisten ihn wenig später stellen und die Beute sicherstellen konnten. Da der Kriminelle geständig war, hatten Mona und Enno darauf verzichtet, Timo weiter mit dem Fall zu behelligen.

»Wo wohnst du eigentlich?«, wollte sie so beiläufig wie möglich wissen.

Der Artist machte eine unbestimmte Handbewegung: »Hier und da.«

Normalerweise ließ sich die Kommissarin nicht mit einer so vagen Auskunft abspeisen. Doch sie hatte sich schon gedacht, dass es sich bei Timo nicht um einen normalen Urlauber oder Kurgast handelte, der ein Ferienobjekt buchte oder von seiner Krankenkasse zur Linderung von Lungenleiden auf die Insel mit dem heilsamen Hochseeklima geschickt wurde. Solange der Lebenskünstler nicht in ein leeres Ferienhaus einbrach oder anderweitig gegen Gesetze verstieß, konnte er übernachten, wo er wollte. *Es gibt wahrscheinlich genügend einsame Touristinnen, die sich von Timo gern das Bett wärmen lassen*, überlegte sie. *Und was ist mit dir selbst, Mona? Wenn du nicht in festen Händen wärst?* Sie beschloss, diese Frage ihres Unterbewusstseins einfach zu ignorieren. Einen unbeschwerten Tag am Strand würde sie jetzt jedenfalls nicht mehr verbringen können, dafür hatte allein schon Albert Korns Auftritt gesorgt.

»Du meldest dich bitte so bald wie möglich«, schärfte sie Timo ein. Er schien sein Anliegen schon wieder halb vergessen zu haben. Jedenfalls lachte er unbeschwert, schlug mit Armen und Beinen ein Rad, wodurch er sofort wieder die Aufmerksamkeit der übrigen Badegäste hatte. Dann zog er eine Flöte aus der Hosentasche und spielte eine eingängige Melodie, während die Umstehenden begeistert zu applaudieren begannen. Mona runzelte die Stirn, während sie sich abwandte. Gewiss, sie mochte Timo. Aber war er nicht vielleicht einfach nur ein Meister der Manipulation, der die Menschen in seinem Sinn zu beeinflussen verstand? Hatte er sich die angeblichen Hinweise auf einen Mord vielleicht nur ausgedacht, um Mona zu verführen? Dass sie in der Vergangenheit gemeinsam mit Oberkommissar Enno Moll einige spektakuläre Verhaftungen bei Mordfällen verzeichnen konnte, war auf Borkum kein Geheimnis. Sie musste mit Schaudern an das Radiointerview mit ihr denken, bei dem sie sich wahrhaftig nicht mit Ruhm bekleckert hatte. Wäre es nicht naheliegend, eine Frau wie Mona mit einem spektakulären Kriminalfall ködern zu wollen? *Verfolgungswahn ist keine anerkannte Berufskrankheit für Polizisten*, sagte die Kommissarin spöttisch zu sich selbst. Sie zog ein Strandkleid über, nahm Rufus an

10

die Leine, schnappte sich ihre Siebensachen und ging zum Fahrrad-parkplatz an der Greunen Stee hoch. Mona empfand das dringende Bedürfnis, sich mit Oberkommissar Enno Moll auszutauschen. Der erfahrene Kollege konnte oft einen ganz anderen Blickwinkel zu ihren Überlegungen beisteuern. Außerdem hatte er eine herzer-frischend-gelassene Art, die im krassen Gegensatz zum sprunghaften Wesen der Kriminalistin stand. Doch wenn sie sich an ihrem freien Tag auf der Dienststelle blicken ließ, würde ihr Vorgesetzter garantiert mindestens ein halbes Dutzend Vorschriften finden, gegen die sie dadurch verstieß. Sie fuhr mit dem Rad zu ihrer Wohnung in der Walfangerstrate, wobei Rufus brav neben ihr her trabte. Der Rüde lebte normalerweise als Dauergast im Haus von Enno Moll und seiner Frau Birte, weil Monas Wohnung zu klein für so einen großen Hund war. Doch die Kommissarin hätte ein schlechtes Gewissen bekommen, wenn sie die Dogge mit Meerwasser getränkt zurück-brachte. Also startete Mona die Hunde-Badeaktion, bei der sie ihre Duschkabine und sich selbst gewaltig unter Wasser setzte. Immerhin war Rufus danach wieder wohlriechend und vorzeigbar, wie sie stolz feststellte. Nur die Ermittlerin selbst triefte noch vor Wasser und Schaum, als ihr Smartphone klingelte. Mona unterdrückte einen Fluch, als sie mit feuchter Hand nach dem Gerät griff. Im Display erschienen die Worte OLTBECK RUFT AN. Ihr schwante Übles, als sie die Stimme des Chefs hörte: »Ich bedaure sehr, Sie an Ihrem freien Tag stören zu müssen, Frau Sander. Aber ich fürchte, dass Ihre Anwesenheit dringend notwendig ist. – Es hat einen Mord gegeben!«

Kapitel 2

Diese Nachricht traf die rotblonde Kriminalistin wie ein Hammerschlag. Sie hatte schon öfter mit Tötungsdelikten zu tun gehabt, daher ging sie diese Fälle mit der notwendigen Professionalität und Distanz an. Anders wäre es nicht möglich gewesen, den Täter zu durchschauen und ihn seiner gerechten Strafe zuzuführen. Aber an diesem Tag lag der Fall anders. Vielleicht, weil Timo ihr erst vor Kurzem von einem möglichen Mord erzählt hatte? Handelte es sich um dieselbe Straftat?

»Sind Sie noch am Apparat, Frau Sander?«

»Äh, ja. Entschuldigen Sie, Herr Oltbeck. Ich wäre beinahe auf dem Schaum ausgerutscht, weil ich gerade aus der Dusche komme …«

Kaum hatte die Kommissarin diese Worte ausgesprochen, als sie sich am liebsten auf die Zunge gebissen hätte. Ihr Vorgesetzter war gewiss der letzte Mann, bei dem sie mit ihrem Satz Kopfkino auslösen wollte. Ob er sich in diesem Moment vorstellte, wie sie unbekleidet aussah?

»Sie können ja in Ihrer Freizeit tun, was Sie möchten – ich schlage vor, dass Sie sich abtrocknen und dann zur Deichstraße fahren. Die genaue Adresse schicke ich Ihnen noch. Herr Moll ist bereits auf dem Weg dorthin.«

»Ich beeile mich«, versicherte Mona und beendete schnell das Gespräch. Bildete sie es sich nur ein oder hatte Oltbecks Stimme zuletzt belegt geklungen? Die Kommissarin schaffte es, ihre Fantasien niederzukämpfen. Mit fliegender Hast frottierte sie sich, brachte ihr widerspenstiges Haar halbwegs in Ordnung und schlüpfte in frische Unterwäsche sowie eine Jeans und eine weite Bluse mit kurzen Ärmeln – ihr übliches Outfit während der warmen Jahreszeit. Außerdem konnte sie unter dem Oberteil gut ihre Dienstwaffe verbergen, die sich momentan ohnehin eingeschlossen auf der Polizeiwache befand. Die Kommissarin zog noch Sneakers an und schaffte zunächst ihren Hund zu Birte Moll. Sie bedankte sich bei der Ehefrau ihres Kollegen für die liebevolle Fürsorge, mit der sie Rufus stets bedachte. Mona fügte hinzu: »Ich muss gleich weiter, dein Göttergatte und ich haben einen neuen Fall!«

»Seid bitte vorsichtig!«, rief Birte der Kommissarin vom Gartenzaun aus nach.

Die Kommissarin trat kräftig in die Pedale und erreichte wenig später trotz Gegenwind ihr Fahrtziel. Das aus roten Ziegeln errichtete Ferienhaus befand sich im mittleren Bereich der Deichstraße, nicht weit von der Bushaltestelle Jakob-van-Dyken-Weg entfernt. Nach Monas Einschätzung war das Haus vor mindestens einem halben Jahrhundert errichtet worden, sah aber sehr gepflegt aus. Es gehörte zweifellos zu den Urlaubsobjekten mit gehobener Ausstattung. Ein Streifenwagen parkte vor dem Grundstück. Außerdem erblickte Mona das zivile Einsatzfahrzeug, das sie und Enno als Dienstwagen benutzten. Die Tür des Ferienanwesens stand weit offen. Vor dem Eingang erblickte die Kommissarin die massige Gestalt ihres hochgewachsenen Kollegen. Enno nickte ihr zu und lächelte entschuldigend: »Es tut mir leid, dass du an deinem freien Tag schon wieder bei einer Ermittlung antanzen musst. Aber du kennst ja Oltbeck. Ich habe mit Engelszungen geredet, damit er dich heute verschont, aber ...«

»Schon gut, es ist ja nicht deine Schuld«, erwiderte Mona und fuhr fort: »Der Mörder oder die Mörderin ist für meinen vermurksten Freizeitausgleich verantwortlich, niemand sonst – gehst du denn überhaupt von einem Tötungsdelikt aus? Oltbeck hat sich bei seinem Anruf sehr wenig Informationen aus der Nase ziehen lassen.«

Der gewichtige Ostfriese nickte: »Die Würgemale am Hals der Leiche sind nicht zu übersehen. Am besten machst du dir selbst erst mal ein Bild von der Lage.«

Er machte eine einladende Bewegung – als ob er sie in sein eigenes Heim bitten würde. Die Kommissarin betrat das Ferienhaus. Links schaute man sofort in die offene Küche. Dort erblickte sie zwei Frauen, von denen die eine leise vor sich hin weinte. Die andere war Mona bestens bekannt. Es handelte sich um die junge Polizeimeisterin Grietje Smit, die momentan ihren Arm schwesterlich um die Schultern der Person neben ihr gelegt hatte. Normalerweise war Grietje für ihr loses Mundwerk berüchtigt. Aber jetzt blieb sie einfach nur schweigend bei der Frau.

»Hat sie die Tote gefunden?«, flüsterte Mona ihrem Kollegen zu, wobei sie auf die in Tränen aufgelöste Person deutete.

»Ja, das ist Merle Levers. Sie hat das Haus zusammen mit ihrer Freundin Katja Brunk gemietet. – Das Opfer befindet sich im Wohnzimmer.«

Mit diesen Worten ging Enno voraus. In dem weitläufigen Raum mit Kamin und Zugang zur Terrasse gab es ein mit grauem Stoff bezogenes Ecksofa, auf dem eine leblose Frau lag. Auf den ersten Blick sah es aus, als ob sie nur ein Nickerchen machen würde. Doch im Näherkommen bemerkte Mona die unübersehbaren Würgemale am Hals. Bekleidet war die Frau mit einer hellen Leinenhose sowie einem rot-weiß geringelten Oberteil mit kurzen Ärmeln. Vom Alter her schätzte Mona Katja Brunk auf Anfang dreißig – also ungefähr so wie sie selbst. Ihr brünettes Haar war gelockt und reichte bis zu den Schultern. Die Kriminalistin wäre gerne noch nähergetreten, aber Dr. Siemers war noch mit der Begutachtung des Leichnams beschäftigt. Daher wollte sie den Mediziner nicht stören und hielt sich einstweilen zurück.

»Merle Levers kam vor einer Stunde nach Hause«, erklärte der Oberkommissar. Er fuhr fort: »Sie war während der vorigen Nacht auf dem Festland gewesen und ist erst heute Morgen mit der Fähre zurückgekehrt. Als sie ihre tote Freundin entdeckt hat, verständigte sie sofort unsere Kollegen.«

Wann war Katja Brunk getötet worden? Diese Frage drängte sich Mona auf. Sie musste natürlich sofort an die seltsame Begegnung mit Timo denken, der sich bei ihr nach Verjährungsfristen für Tötungsdelikte erkundigt hatte. Ging es dabei um Katja Brunk oder um einen völlig anderen Hintergrund?

Es war, als ob Dr. Siemers ihre Gedanken gelesen hätte. Der glatzköpfige junge Arzt wandte sich der Kommissarin zu: »Moin, Frau Sander. Herr Moll hat sich schon nach dem Todeszeitpunkt erkundigt, und auch Sie wollen diesen gewiss erfahren. – Meiner Einschätzung nach ist das Opfer zwischen Mitternacht und zwei Uhr früh ums Leben gekommen, also in der Nacht vom 27. August auf den 28. August.«

Mona nickte und zeigte auf die Tote: »Für mich als medizinische Laiin sieht dies nach einem Tod durch Erwürgen aus.«

»Ich kann Ihnen nicht widersprechen«, erwiderte der Arzt. Er ergänzte: »Die Luftzufuhr zum Gehirn wurde gewaltsam unterbrochen, der Tod muss innerhalb von Minuten eingetreten sein.«

»Hat denn ein Kampf stattgefunden?«, wollte die Kommissarin wissen.

Dr. Siemers breitete die Arme aus, wobei er auf den Bereich rund um die Leiche deutete: »Ich vermute, dass der Mord direkt hier auf dem Sofa stattgefunden hat. Wie Sie sehen, ist die Kleidung nicht zerrissen. Auch die Möbel wurden nicht umgestürzt, und man bemerkt auch keine Scherben von zerbrochenen Gläsern oder Ähnlichem. Es kann also keine harte Auseinandersetzung gegeben haben. Vermutlich hat das Opfer trotzdem die Attacke abzuwehren versucht. Unter ihren Fingernägeln lassen sich gewiss DNA-Reste nachweisen, sodass sie bei einem Vergleich dem Tatverdächtigen zugeordnet werden können.«

»Haben noch weitere Personen im Haus gewohnt?«

Diesen Satz richtete Mona an ihren Kollegen. Enno hob seine breiten Schultern: »Noch können wir Merle Levers nicht vernehmen, ihr Schmerz ist zu frisch. Ich habe aber schon mit dem Vermieter telefoniert und herausgefunden, dass das Haus in der Tat an die beiden Frauen vermittelt wurde. Es war nicht vorgesehen, dass noch jemand hier einziehen sollte.«

Mona war kurz abgelenkt, denn sie bemerkte nun den uniformierten Kollegen Hinderk Ekhoff. Der junge Polizist hatte sich auf der Terrasse umgeschaut und kehrte nun durch die halb offen stehende Glastür zurück.

»Moin, ich konnte Fußspuren feststellen, die vom Haus in Richtung Dünen führen«, berichtete er. »Sehr gut«, lobte Enno, »die Kriminaltechniker werden später Gipsabdrücke nehmen. Mit etwas Glück können wir die Fährte einem Verdächtigen zuordnen.«

Mona wandte sich nun an Hinderk: »Gibt es Hinweise auf einen Einbruch?«

Er schüttelte den Kopf und erwiderte: »Nein, weder an den Fenstern noch an den Türen hat sich jemand zu schaffen gemacht. Entweder hat das Opfer den späteren Mörder ins Haus gelassen oder die Person war bereits dort, bevor es zu dem Gewaltausbruch gekommen ist.«

Dr. Siemers hatte die vorläufige Untersuchung des Leichnams beendet. Er stellte den Totenschein aus und verabschiedete sich von den Polizeibeamten. Während die Kommissare auf das Spurensicherungsteam warteten, schauten sie sich die Tote genauer an. Sie trug nur einen Ohrring, wie Mona bemerkte. Dieser bestand offenbar aus Silber und sollte eine fein ziselierte Muschel darstellen. Sie machte ihren Kollegen darauf aufmerksam.

»Ich kenne mich nicht so aus, aber tragen manche Frauen nicht generell nur einen einzigen Ohrring?«, gab Enno zu bedenken.

Die Kommissarin zuckte mit den Schultern: »Sicher, das ist möglich. Trotzdem könnte es sich lohnen, nach dem zweiten Ohrring Ausschau zu halten. Möglicherweise hat der Täter ihn als eine bizarre Trophäe mitgenommen.«

Während Mona diese Sätze aussprach, machte sie mit ihrem Smartphone einige Fotos von dem Schmuckstück. Der Ostfriese dachte laut nach: »Ein nächtlicher Besucher könnte auf eine Liebesaffäre zwischen Katja Brunk und einem noch unbekannten Liebhaber hindeuten. Merle Levers war auf dem Festland, also hatte das Opfer ›sturmfreie Bude‹, wenn man das so nennen will. – Sie empfängt ihren Geliebten, aber dann geht das Rendezvous bedauerlicherweise schief.«

»Wir sollten nicht automatisch von einem Beziehungsdrama ausgehen«, warnte die Kriminalistin und fügte hinzu: »Denke bitte an diesen Trickeinbrecher, der in letzter Zeit Norderney unsicher gemacht hat. Vielleicht ist ihm auf unserer Nachbarinsel der Boden zu heiß unter den Füßen geworden, und er hat sich nach einem neuen Betätigungsort umgeschaut. – Die Vorgehensweise würde jedenfalls passen. Laut unseren Kollegen hat er sich unter einem mehr oder weniger glaubwürdigen Vorwand Zutritt zu den Häusern verschafft, seine Opfer gefesselt und die Menschen ausgeplündert. Vielleicht ist diesmal aus irgendeinem Grund die Situation aus dem Ruder gelaufen.«

Enno erwiderte langsam und nachdenklich: »Falls du mit dieser Annahme recht hast, müssten Wertsachen und Bargeld fehlen. Hinderk hat vorhin die Taschen des Opfers durchsucht, aber dort nichts weiter gefunden. Sie konnte bisher nur durch ihre Freundin identifiziert werden. Einen Personalausweis haben wir noch nicht entdecken können.«

Genau wie ihr Kollege hatte auch Mona inzwischen Latexhandschuhe angelegt. Sie nahmen zunächst im Wohnraum eine flüchtige Durchsuchung vor. Falls es hier Wertgegenstände gegeben hatte, waren diese jedenfalls nicht mehr zu entdecken. Die Kommissarin überlegte ständig, woher ihr Katja Brunk bekannt vorkam. Auf einer Insel wie Borkum, auf der ständig neue Urlauber und Kurgäste eintrafen, erblickte man permanent fremde Gesichter. Früher oder später würde der Kommissarin hoffentlich einfallen, wo sie das

Opfer bereits getroffen hatte. Die Ermittler stiegen die Treppe ins erste Stockwerk hoch und schauten sich auch dort genauer um. Zwei Schlafzimmer wurden offenbar benutzt, beide von jeweils einer jungen Frau – zumindest deuteten die Kleider in den Schränken und die übrigen Accessoires darauf hin. Welche der Damen hatte nun wo geschlafen? Dies würde sich später einfach klären lassen, sobald Merle Levers ansprechbar war. Mona bemerkte in dem einen Kleiderschrank in der hintersten Ecke ein lila Batik-Sweatshirt, das eindeutig einer männlichen Person gehörte. Ihr lief ein eiskalter Schauer über den Rücken, als ihr plötzlich einfiel, bei wem sie ein solches Kleidungsstück schon gesehen hatte. Es gehörte Timo. Vor einigen Tagen war es etwas kühler gewesen, wodurch sich der Artist allerdings nicht von seinen Darbietungen am Strand abhalten ließ. Mona und Enno hatten zugeschaut, wie er mit den Bällen jongliert und dabei dieses Oberteil getragen hatte!

Die Kommissarin wollte sich nicht ausschließlich auf ihre eigene Erinnerung verlassen. Daher hob sie das Kleidungsstück mit beiden Händen hoch und rief nach ihrem Kollegen: »Enno, schaust du bitte mal?«

Der Ostfriese hatte ein anderes Zimmer durchsucht und kam nun zu ihr herüber. Er hob seine buschigen Augenbrauen, während er das Sweatshirt betrachtete: »Hm, das gehört doch diesem selbsternannten Unterhaltungskünstler, den wir vorige Woche Donnerstag am Strand getroffen haben, oder?«

Mona nickte grimmig. »Ja, du hast recht – und dieser Herr wird uns eine ganze Menge zu erklären haben.« Sie berichtete nun, was sie kurze Zeit vorher mit Timo erlebt hatte.

»Dieser Mann könnte also hier übernachtet haben«, stellte der Ostfriese fest. »Auf jeden Fall wird es interessant zu erfahren sein, wo er sich zwischen Mitternacht und zwei Uhr früh aufgehalten hat.«

»Das möchte ich auch zu gerne wissen«, versicherte Mona.

Bevor die beiden weiter über diesen Punkt sprachen, schauten sie sich noch in den übrigen Räumen des Ferienhauses um. Geld oder Schmuck konnten sie nirgendwo entdecken. Sprach dieser Fakt nicht für den Einbrecher aus Norderney als Täter? Andererseits – auch ein Lebenskünstler wie Timo war gewiss finanziell nicht auf Rosen gebettet. Die Vermutung lag nahe, dass er sich an einer Damen-bekanntschaft hatte bereichern wollen. Zumindest Oltbeck würde sich dieser Annahme vorbehaltlos anschließen, darüber machte sich die Kommissarin keine Illusionen. Aber warum hatte Timo sie kurze Zeit zuvor angesprochen? Falls er wirklich der Täter war – konnte er sich nicht denken, dass er durch dieses Verhalten automatisch ins Visier der Polizei geraten musste? Dumm war er ihrer Meinung nach nämlich ganz und gar nicht. Es juckte sie in den Fingern, ihn anzurufen. Es war gewiss am besten, zunächst mit Merle Levers zu sprechen. Der Oberkommissar schien zu ahnen, was in ihr vorging: »Lass uns mal nach der Freundin sehen, Mona. Dr. Siemers wollte sie nämlich untersuchen, nachdem er die Leiche begutachtet hatte.«

Als die Kommissare ins Erdgeschoss zurückkehrten, stand Grietje dort auf dem Flur. Die Tür zur Küche war geschlossen, dahinter war die beruhigende Stimme des Mediziners zu hören.

»Ah, da seid ihr ja«, sagte die junge Polizeimeisterin. »Die Freundin des Opfers war so ziemlich jenseits von Gut und Böse, sie hätte beinahe den Klappmann gemacht. Ich habe ihr erst mal einen starken Tee eingeflößt und auf die Ankunft des Medizinmanns gehofft. – Ich schätze, dass die beiden Frauen sich ziemlich nahegestanden haben. Merle Levers war echt geknickt.«

»Selbst wenn das Verhältnis nicht so eng wäre – ein Leichenfund ist für die meisten Zivilisten nicht einfach zu verdauen«, gab Mona zu bedenken.

Grietje zuckte mit den Schultern: »Es ist mir sowieso ein Rätsel, warum zwei Frauen zusammen in Urlaub fahren. Da ist der Zoff doch vorprogrammiert.«

Mona runzelte die Stirn: »Willst du damit sagen, das Opfer wäre selbst an seinem Tod schuld gewesen?«

Die Polizistin verteidigte sich: »Quatsch, das ist selbst für mich eine zu schräge Behauptung. Ich meine etwas anderes: Warum haut die eine Freundin mitten im Urlaub ab und lässt ihre Gefährtin über Nacht allein? Bestimmt nicht, weil zwischen den beiden alles in Butter ist.«

Die Kommissarin musste sich eingestehen, dass sie diesen Gesichtspunkt noch nicht bedacht hatte. Grietje war trotz ihrer flapsigen Art eine gute Polizistin, die nicht nur einfach ihren Dienst tat, sondern mitdachte. Auf jeden Fall war es sinnvoll, das Verhältnis zwischen Merle Levers und Katja Brunk genauer zu beleuchten. Bevor Mona weiter über diesen Punkt nachdenken konnte, wurde die Küchentür geöffnet. Dr. Siemers kam heraus: »Ich habe der Dame ein Beruhigungsmittel verabreicht, ihr Kreislauf ist jetzt auch wieder stabil. Sie hat darauf bestanden, möglichst bald ihre Aussage zu machen. Trotzdem möchte ich Sie bitten, sich kurzzufassen. Frau Levers muss den Schock über den Tod ihrer Freundin erst einmal verarbeiten.«

Enno versprach hoch und heilig, darauf Rücksicht zu nehmen. Mona klopfte an die Tür und trat gleich darauf ein. Merle Levers trug einen hellgrauen Hosenanzug und eine weiße Bluse. Nach Meinung der Kommissarin war sie eher für einen Geschäftstermin als für einen Urlaub auf einer Nordseeinsel passend gekleidet. Vielleicht hatte sie ja wirklich einen dringenden beruflichen Termin auf dem Festland gehabt? Merle Levers' Gesicht war immer noch bleich, die Augen gerötet. Aber sie blickte die Ermittlerin voller Entschlossenheit an. Mona stellte zunächst Enno und sich selbst vor. Außerdem sprach sie der Frau ihr Beileid aus. Merle Levers schüttelte den Kopf: »Danke, aber diese Floskeln können wir uns sparen. Das ist jetzt alles nebensächlich. – Ich weiß, wer Katja getötet hat: Dieses Subjekt heißt Timo. Der Kerl treibt sich ständig als Alleinunterhalter am Strand herum. Dort können Sie ihn verhaften!«

Kapitel 3

Die Kommissare setzten sich in die Küche. Da Grietje als echte Ostfriesin eine große Kanne Tee gekocht hatte, war noch genug von der starken Assam-Mischung für die beiden Ermittler vorhanden. Mona holte zwei weitere Tassen aus dem Schrank und goss für Enno und sich selbst ein. Während sie dies tat, beobachtete sie Merle Levers unauffällig aus dem Augenwinkel heraus. Die Frau trug echten Schmuck. Dafür hatte die Kommissarin einen Blick. Allein die Uhr an Frau Levers' Handgelenk war gewiss mehrere Tausend Euro wert.

Nachdem Mona auch Merle Levers' Tasse erneut gefüllt hatte, begann der Oberkommissar mit seinen Fragen.

»Worauf gründet sich Ihr Verdacht?«, wollte er wissen.

Frau Levers schaute ihn an, als ob er eine höchst seltsame Frage gestellt hätte. »Wer soll es denn sonst gewesen sein, Herr Moll? Katja und ich waren jedenfalls nicht auf Männerfang, als wir nach Borkum gereist sind – das kann ich Ihnen versichern. Es ging uns einfach darum, gemeinsam die Zeit am Meer zu genießen und die Seele baumeln zu lassen. Ich habe einen sehr stressigen Job, da ist es wichtig, einmal richtig abschalten zu können. Bei meiner Freundin war es ähnlich – wobei sie noch zusätzlich unter der Trennung von ihrem Versagerfreund gelitten hat. Ich bin ja der Meinung, dass sie ihn schon viel früher hätte in den Wind schießen müssen. Aber – wie es so schön heißt – gegen Liebe ist kein Kraut gewachsen.«

»Also hat Katja Timo zufällig kennengelernt?«, vergewisserte Mona sich.

Merle Levers schnaubte durch die Nase, als ob die Kommissarin eine besonders amüsante Bemerkung gemacht hätte: »Wenn Sie das so nennen wollen, Frau Sander – ich bin hingegen der Meinung, dass dieser Schönling ganz systematisch die Bekanntschaft von wohlhabenden Frauen am Strand gesucht hat. Ich weiß nicht, ob Sie ihn schon einmal gesehen haben. Wenn man nicht so genau hinschaut, dann sieht er ja wirklich ganz passabel aus. Mein Fall ist er nicht, aber ich habe da wohl einen etwas höheren Anspruch an einen Lebensgefährten. Kurz gesagt – es gelang diesem Kerl nicht nur mit seinen Bällen, sondern auch mit den Gefühlen meiner Freundin zu jonglieren. Es dauerte nicht lange, und sie fraß ihm förmlich aus der Hand. Es tut mir leid, dies so drastisch ausdrücken zu müssen – aber ich bin nun mal eine Frau der klaren Worte. Ich versuchte, sie zur Vernunft zu bringen. Offensichtlich bin ich damit gescheitert. Andernfalls hätte sie ihn wohl kaum in unserem Ferienhaus übernachten lassen – einen Habenichts, der sich noch nicht einmal ein eigenes Zimmer in einer billigen Pension auf dieser schönen Insel leisten kann. Ich möchte nicht wissen, aus welchen obskuren Quellen er sein Einkommen bezieht … falls er überhaupt eines hat.« »Also wohnte Timo fest bei Ihnen im Ferienhaus?«, wollte die Kommissarin wissen.

Merle Levers machte eine unbestimmte Handbewegung und erwiderte: »*Fest* ist ein Wort, das ich im Zusammenhang mit Timo nicht benutzen würde. Dieser Kerl war für mich ein Inbegriff des Unsteten und Unzuverlässigen. Es ist mir ein Rätsel, wie eine intelligente Frau auf einen solchen Blender hereinfallen kann!«

Sie konnte natürlich nicht wissen, dass Mona selbst von Timos Erscheinung nicht unbeeindruckt geblieben war. Was wäre gewesen, wenn Mona keinen Freund gehabt hätte? Wäre sie dann mit diesem überaus beeindruckenden Mann in ihrer kleinen Wohnung gelandet, weil er ihr Herz berührt hatte? Würde Mona in diesem Fall tot auf ihrem Sofa liegen? Derartige Gedankenspiele waren natürlich zutiefst destruktiv – trotzdem konnte sie sich dieser Überlegungen nicht erwehren. Während sie diesen Gedanken nachhing, stellte Enno die nächste Frage: »Hatten Sie denn Grund zu der Annahme, dass Timo eine Bedrohung für Ihre Freundin wäre?«

»Nicht für ihr Leben«, schränkte Merle Levers ein, »sehr wohl aber für ihr Geld und ihren Schmuck. Ich hätte sofort alle Hebel in Bewegung gesetzt und wäre zur Polizei gegangen – aber Hand aufs Herz: Was hätten Sie denn tun können? Dieser Mann hat sich in meiner Gegenwart zumindest niemals aggressiv verhalten. Und er bat Katja niemals um Geld. Oder falls doch, dann hat sie mir davon nichts erzählt. Er bot also keine Angriffsfläche. Es war schrecklich mitanzusehen, wie sie sich von ihm veräppeln ließ. Ich dachte eigentlich, dass Katja nach ihren Erfahrungen mit diesem Pascal – so heißt ihr Ex-Freund – klüger geworden wäre. Aber vielleicht fällt sie einfach immer auf denselben Typ Mann herein.«

Mona hakte nach: »Also gab es keine anderen Personen, die Zugang zu Ihrem Ferienhaus hatten?«

Merle Levers warf ihr einen empörten Blick zu und erwiderte: »Selbstverständlich nicht, Frau Sander! Für wen halten Sie uns eigentlich? Ich selbst habe jedenfalls keinen Mann mit in mein Bett genommen, während wir uns hier auf Borkum aufhielten, das kann ich Ihnen versichern.«

»Wir wollten Ihnen nichts unterstellen«, betonte Enno, »aber Sie werden nachvollziehen können, dass wir so viele Fakten wie möglich sammeln müssen. Es könnten ja auch andere Personen im Haus gewesen sein, aus beruflichen Gründen. Ich denke da beispielsweise an einen Handwerker, wenn etwas mit den Installationen nicht funktioniert hat oder Ähnliches.«

»Daran hatte ich noch gar nicht gedacht«, musste Merle Levers zugeben, »und ich will diese Möglichkeit natürlich keineswegs ausschließen. – Als ich gestern Abend mit meiner Freundin telefonierte, schien jedenfalls noch alles in Ordnung zu sein.«

»Wann sind Sie denn aufs Festland gefahren?«, wollte Mona wissen.

»Gestern Vormittag«, lautete die Antwort, »ich hatte einen Geschäftstermin, von dem ich nicht wusste, wie lange er sich hinziehen würde. Die letzte Fähre gestern Abend habe ich jedenfalls knapp verpasst. Ob meine Freundin noch leben würde, wenn ich rechtzeitig zurückgekehrt wäre?«

Merle Levers schien nicht wirklich eine Antwort auf diese Frage zu erwarten. Die Ungewissheit belastete sie jedenfalls so sehr, dass sich ihre Augen erneut mit Tränen füllten. Die Ermittler spürten, dass es nun Zeit zum Gehen war.

»Das wäre für den Moment alles«, sagte der Oberkommissar. »Wir danken Ihnen für Ihre Offenheit. – Bitte geben Sie uns Ihre Mobilnummer, denn später werden sich gewiss noch Fragen ergeben. Jetzt sollten Sie sich jedenfalls erst einmal ausruhen. Außerdem benötigen wir noch die Kontaktdaten Ihrer Freundin, um die Angehörigen zu benachrichtigen.«

»Ich verstehe«, erwiderte Merle Levers, während sie die nötigen Angaben auf einen Zettel schrieb.

Sie fügte hinzu: »Das Wichtigste ist, dass Sie diesen Verbrecher so schnell wie möglich unschädlich machen.«

Darauf erwiderten die Kommissare nichts, sondern verließen das Haus. Mona atmete tief durch und schaute nachdenklich Richtung Nordsee. Von der Deichstraße aus konnte man das Meer nicht sehen.

Auf jeden Fall roch sie die salzige Luft. Manchmal, wenn der Wind günstig stand, war an dieser Stelle auch das Rauschen der Brandung zu vernehmen.

»Kaum am Tatort eingetroffen, und schon haben wir einen Hauptverdächtigen«, meinte der Ostfriese. Er warf seiner Kollegin einen prüfenden Blick zu: »So, wie ich dich kenne, hast du deine Zweifel an Timos Schuld. Ist es nicht so?«

Wenn es einen Menschen gab, zu dem Mona absolutes Vertrauen hatte, dann war es Enno Moll. Deshalb hatte sie auch keine Hemmungen, ihm gegenüber offen zu sein: »Ich muss gestehen, dass ich diesen Timo selbst ganz attraktiv finde. Er hat so eine offene Art, durch die ihm die Herzen der Frauen wahrscheinlich wirklich reihenweise zufliegen. Die Frage lautet nur, ob dies zu einem Verbrechen geführt hat oder nicht. Ich habe Schwierigkeiten, mir ihn als einen eiskalten Mörder vorzustellen. Wobei ich natürlich auch weiß, dass jeder Mensch in eine Extremsituation geraten kann, aus der nur noch Gewalt der scheinbare Ausweg ist.«

»Ich verstehe, worauf du hinauswillst«, erwiderte der Oberkommissar. Er fügte hinzu: »Tatsache ist, dass er in dem Haus gewesen ist. Jetzt stellt sich die Frage, wie es um die Tatzeit bestellt ist. Vielleicht war er ja bei einer Party oder vergnügte sich anderweitig in Gegenwart von Zeugen, sodass wir ihn als Täter schnell ausschließen können.«

Ich hätte absolut nichts dagegen einzuwenden, dachte Mona – und schämte sich insgeheim für diesen Wunsch. Ihre Aufgabe als Polizistin bestand schließlich darin, einen Gesetzesbrecher seiner gerechten Strafe zuzuführen – unabhängig davon, ob sie selbst ihn unsympathisch fand oder nicht. Die Kriminalistin beschloss, den Stier bei den Hörnern zu packen. Sie rief Timo auf seiner Mobilnummer an. Aber dort erreichte sie nur die Mailbox. Sie beendete den Telefonkontakt, ohne eine Nachricht zu hinterlassen.

»Wir sollten Timo nicht warnen, indem wir durchblicken lassen, dass wir bereits in dem Ferienhaus gewesen sind«, meinte sie und fuhr fort: »Vielleicht ist es am besten, wenn wir sein Gerät einfach orten.«

»Das wollte ich auch vorschlagen«, gab Enno zurück.

Mona ließ ihr Fahrrad an der Deichstraße zurück und stieg zu ihrem Kollegen in den Dienstwagen. Dann tippte sie die Mobilnummer des Verdächtigen in die Suchmaske ihres Handytracker-Programms. Es dauerte nicht lange, bis ein Ergebnis angezeigt wurde. Das Telefon befand sich momentan an der Hindenburgstraße. Und es bewegte sich nicht. Ob Timo dort bei einer anderen Person Unterschlupf gefunden hatte? Diese Frage würde sich hoffentlich schnell beantworten lassen. Die Kommissare fuhren zur Hindenburgstraße, die sich zwischen dem Inselbahnhof und dem *Café Sturmeck* durch den gesamten Ortskern von Borkum zog. In dem Bereich, aus dem das Signal kam, gab es einige Mehrfamilienhäuser, die aus den Dreißigerjahren des vorigen Jahrhunderts stammten. Aber wo genau konnte Timo sich aufhalten? Mona war ausgestiegen und schaute auf die Klingelschilder. Keiner der Namen sagte ihr etwas. Sie und Enno schellten aufs Geratewohl bei einigen der Mieter und erkundigten sich nach dem jungen Mann, doch niemand wollte ihn gesehen haben. Die Bewohner kamen den Ermittlern glaubwürdig vor. Die Kommissarin hatte einen sechsten Sinn dafür, wer sie belog und wer nicht. Meistens lag sie mit dieser Einschätzung auch richtig. *Irgendwo hier muss das Telefon doch sein*, murmelte sie. Das Tracking funktionierte leider nicht auf den Quadratmeter genau. Nachdem die Ermittler in zwei verschiedenen Häusern vergeblich nach Timo gefragt hatten, erblickte Mona plötzlich auf der Grasnarbe neben dem Gehweg ein Smartphone. Sie presste ihre Lippen aufeinander. Entweder hatte Timo das Telefon weggeworfen oder es war ihm aus der Tasche gefallen. Auf jeden Fall konnten die Kommissare ihn momentan nicht erreichen. Und das war gar nicht gut. Nur Enno ließ sich nicht in seiner üblichen Zuversicht bremsen: »Nimm es nicht so schwer, Mona. Du weißt doch selbst, wie oft wir diesen munteren jungen Herrn schon am Strand getroffen haben. Wir müssen einfach nur dorthin gehen, dann wird er uns früher oder später schon über den Weg laufen.«

Es sei denn, es handelt sich bei ihm wirklich um Katja Brunks Mörder, dachte Mona. So unangenehm dieser Gedanke auch war – sie konnte ihn nicht gänzlich von sich weisen. Der Oberkommissar schien zu spüren, was in ihr vorging. Er klopfte ihr beruhigend auf die Schulter und sagte: »Wir sollten nicht den Fehler begehen, uns zu früh auf einen einzigen Verdächtigen einzuschießen. Meiner Meinung nach könnte es sich lohnen, die Vorgehensweise des Trick-Einbrechers noch einmal genauer zu beleuchten. – Wie wäre es, wenn ich meinen alten Freund Freddy anrufe? Er schaut bestimmt gerne vorbei, um uns richtig ins Bild zu setzen.«

Mona kannte Freddy Lurke ebenfalls. Der hagere Graukopf war ein Polizeikollege, der auf Norderney schon mindestens genauso lange Dienst tat wie Enno auf Borkum. Vermutlich wollte ihr Kollege auch einfach die Gelegenheit nutzen, um einen gemütlichen Klönschnack mit dem Oberkommissar von der Nachbarinsel auf den Weg zu bringen. Dagegen gab es natürlich auch nichts einzuwenden – vor allem nicht, solange dabei die Festnahme des Mörders das Endergebnis war.

»Solange dieser Norderneyer Einbrecher auf freiem Fuß ist, sollten wir ihn auf jeden Fall in unsere Ermittlungen einbeziehen«, erwiderte sie und fügte hinzu: »Ich fürchte nur, dass unser hochverehrter Chef dies etwas anders sehen wird.«

»Ich kann dir nicht widersprechen«, gab Enno schmunzelnd zurück.

Kapitel 4

Eine Stunde später saßen die Kommissare im Büro des Dienststellenleiters und erstatteten ihm Bericht. Oltbeck hatte die Hände auf seiner Schreibtischunterlage gefaltet. Er reagierte stets dünnhäutig auf ein Gewaltverbrechen, das sich auf Borkum zugetragen hatte. Der Chef war in Sorge um den Ruf der Ferieninsel – und natürlich wollte er sich nicht vorwerfen lassen, dass die örtliche Polizei mit der Lage überfordert sein könnte. Daher versuchte er stets, solche Fälle möglichst bald erfolgreich abzuschließen. Entsprechend groß war der Druck, den er seinen Untergebenen machte.

»Was werden Sie tun, um diesen Timo zu finden? Wie heißt der Mann überhaupt mit Nachnamen?«, wollte er wissen.

»Das haben wir noch nicht herausgefunden«, musste Mona zugeben.

Ihr Vorgesetzter starrte sie so empört an, als ob sie ein schmutziges Wort benutzt hätte. »Ich muss mich über Sie wundern, Frau Sander«, meckerte Oltbeck, »dieser Timo war angeblich Hinweisgeber bei der Verhaftung eines Taschendiebs. Da ist es doch üblich, die Personalien der Zeugen zu notieren.«

»Entschuldigung, aber wir waren seinerzeit damit beschäftigt, den Kleinkriminellen aus dem Verkehr zu ziehen«, fauchte Mona. »Wenn ich gewusst hätte, dass Timo später unter Mordverdacht geraten würde, hätte ich ihm vorbeugend sofort Handschellen angelegt!«

Bevor die Kommissarin sich wieder einmal um Kopf und Kragen reden konnte, grätschte ihr Kollege dazwischen: »Timo verfügt auf Borkum über keinen festen Wohnsitz und hält sich meist am Strand auf. Er ist eine Erscheinung, die man nicht leicht übersehen kann. Es dürfte daher nicht schwer sein, ihn zu finden. Trotzdem wäre es gut, den Fährhafen und den Flugplatz zu überwachen.«

»Das habe ich selbstverständlich schon veranlasst«, schnarrte Oltbeck, »und eine Beschreibung des Verdächtigen geht außerdem an alle Kollegen im Streifendienst. – Wenn dieser Kerl sich bei einer allein reisenden Frau eingenistet hatte, dann wird er es vermutlich erneut auf diese Tour versuchen. Parallel zur Suche am Strand sollten Sie daher Touristinnen überprüfen, die ohne Begleitung auf die Insel gekommen sind.«

Da alle Besucher Borkums einen Gästebeitrag entrichten mussten, ließen sich ihre Daten bei der Touristeninformation leicht ermitteln. So gesehen war die Anweisung des Chefs gar nicht so falsch – insbesondere, da die Urlauberinnen, die in kleinen Hotel- oder Pensionszimmern untergekommen waren, sich leicht aussortieren ließen. Dort war es einfach nicht möglich, einen zusätzlichen Gast unbemerkt zu beherbergen.

»Wir sollten auch die Möglichkeit erwägen, dass ein Einbruch schiefgegangen sein könnte«, sagte Enno, »vor allem, wenn ich an diesen Tricktäter denke, der in letzter Zeit Norderney unsicher gemacht hat.«

»Dies wäre für Sie natürlich eine willkommene Gelegenheit, mit Ihrem Freund Freddy Lurke die Köpfe zusammenzustecken, Herr Moll«, erwiderte Oltbeck mit einem süßsauren Lächeln, »aber meinetwegen können Sie auch in diese Richtung ermitteln. Ich will mir nicht nachsagen lassen, dass wir bei diesem Fall Scheuklappen vor den Augen gehabt hätten.«

Das sind ja ganz neue Töne, dachte Mona. Aber sie schaffte es ausnahmsweise, ihren Schnabel zu halten. Ob dem Hauptkommissar bewusst geworden war, dass er seinen Untergebenen in der Vergangenheit durch seinen extremen »Tunnelblick« das Leben unnötig schwer gemacht hatte? Die Kriminalistin war keine Psychologin, Oltbecks Seelenleben interessierte sie nur, soweit es ihre Arbeit betraf. Wenn sie und Enno ergebnisoffen an den Mord herangehen durften, konnte dies jedenfalls nur von Vorteil sein.

»Sie halten mich bitte stets auf dem Laufenden.«

Mit dieser Aufforderung beendete der Vorgesetzte die kurze Besprechung. Nachdem die Kommissare in ihr Büro zurückgekehrt waren, rief Mona zunächst im Polizeipräsidium Wiesbaden an. Aus dieser hessischen Stadt stammten Katja Brunk und Merle Levers. Die Ermittlerin bat darum, dass ein Kollege oder eine Kollegin den Eltern der Ermordeten die Todesnachricht überbringen sollte. Es war schlimm genug, eine solche Neuigkeit erfahren zu müssen. Natürlich konnte es für die Borkumer Kommissare später immer noch nötig sein, mit dem Vater oder der Mutter von Katja Brunk Kontakt aufzunehmen, um Hintergrundinformationen über das Opfer zu bekommen. Doch zunächst wollten Mona und Enno versuchen, das Verbrechen anhand der bisher bekannten Fakten aufzuklären. Oberkommissarin Fiebig war die Ansprechpartnerin in Wiesbaden. Die Kollegin versprach, persönlich Kontakt mit den Brunks aufzunehmen. Mona atmete erst einmal tief durch, nachdem sie den Anruf hinter sich gebracht hatte.

»Du siehst so aus, als ob du dringend frische Luft gebrauchen könntest«, meinte Enno blinzelnd.

»Wieder einmal hast du mich durchschaut«, erwiderte sie, »aber auch um Oltbecks Menschenkenntnis ist es anscheinend gar nicht so schlecht bestellt. Er hat jedenfalls erkannt, dass du dich gern mit Freddy treffen möchtest – wahrscheinlich nicht nur aus beruflichen Gründen.«

»Während du mit Wiesbaden telefoniert hast, habe ich meinem Norderneyer Freund eine Textnachricht geschrieben«, gab der Oberkommissar schmunzelnd zu. »Freddy wird morgen nach Borkum kommen, dann erfahren wir von ihm alles über diesen Trick-Einbrecher – auch die Dinge, die nicht im Fahndungsaufruf stehen.«

Mona nickte. Natürlich waren auch die Dienststellen der übrigen Ostfriesischen Inseln über die Machenschaften dieses Täters informiert worden. Aber in dem offiziellen Dokument standen nur die bisher bekannten Informationen, dort war kein Platz für Spekulationen oder Annahmen. Die rotblonde Kommissarin konnte mit solchen dürren Worten wenig anfangen, wenn es darum ging, sich ein Bild von einem Verdächtigen zu machen. Insofern war auch sie sehr stark an einem Besuch durch den Norderneyer Polizisten interessiert, wenngleich sie nicht so ein freundschaftliches Verhältnis mit Freddy Lurke pflegte, wie Enno es tat. Die beiden Ermittler verließen die Polizeiwache an der Strandstraße, die bei dem schönen Sommerwetter von zahlreichen Urlaubern bevölkert wurde. Am nahegelegenen Georg-Schütte-Platz wartete ein Pferdefuhrwerk samt Kutscher auf die Feriengäste, die sich eine Inselrundfahrt mit nur zwei PS gönnen wollten. Die Touristeninformation war in einem kleinen Pavillon am Rand des Mini-Parks direkt gegenüber vom Bahnhof untergebracht. Die Kommissare betraten das Gebäude grüßend und brachten ihr Anliegen vor. Die Angestellten hatten Mona und Enno schon öfter bei ihrer Arbeit unterstützen können. Auch diesmal dauerte es nicht lange, bis sie eine Liste mit allein reisenden Damen erhielten, die jeweils ein Ferienhaus für sich allein gemietet hatten.

»Das sind ja nur vier Personen«, stellte die Kriminalistin fest, nachdem sie sich bedankt hatte.

»Wunderst du dich darüber?«, fragte ihr Kollege. »Es ist doch ungewöhnlich, wenn jemand allein in eine Unterkunft für vier bis sechs Personen zieht. Vermutlich handelt es sich um Frauen, die sehr kurzfristig buchen wollten. Da mussten sie diejenigen Feriendomizile nehmen, die noch frei waren.«

Mona nickte. Sie und ihr Kollege verließen den Pavillon wieder. Es herrschte immer noch Hauptsaison, und sämtliche Hotels, Pensionen und Privatzimmer waren belegt. Enno setzte seine Brille auf und schaute sich das Blatt Papier genauer an. Er dachte laut nach: »Ich frage mich, wie wir vorgehen wollen. Fallen wir mit der Tür ins Haus und fragen die Frauen direkt, ob sie jemanden bei sich aufgenommen haben? Es ist wirklich schade, dass wir kein Foto von Timo haben. In dem Fall könnten wir beobachten, wie sie darauf reagieren.«

»Vielleicht haben wir ja doch ein Bild.«

Während Mona diesen Satz aussprach, wurde sie knallrot im Gesicht. Sie verachtete sich dafür, aber gegen spontanes Erröten war kein Kraut gewachsen. Sie wusste jedenfalls nicht, wie sie es hätte verhindern können. Der Ostfriese warf ihr einen Blick zu, woraufhin sie sich nur noch weniger wohlfühlte.

»Ich habe zufällig mit meiner Smartphone-Kamera ein paar Schnappschüsse von Timo gemacht, als er am Strand jonglierte«, murmelte sie. Ihre Stimme war belegt.

Warum wirst du überhaupt rot, du dumme Kuh?, beschimpfte Mona sich selbst. *Es ist ja nicht so, als ob du Aktaufnahmen des Verdächtigen hättest!*

Sie gab dem Oberkommissar ihr Smartphone. Er schaute sich die Fotos an und sagte: »Ja, sein Gesicht ist gut zu erkennen. Die können wir den Ferienhausmieterinnen zeigen. – Du magst diesen Artisten wirklich, oder?«

Bei jedem anderen Menschen wäre Mona nach einer solchen Frage explodiert. Aber sie konnte Enno nicht böse sein. Ganz abgesehen davon, dass er mit seiner Einschätzung recht hatte. Sie kam sich jedenfalls ertappt vor: »Ja, Timo ist ein Mann nach meinem Geschmack. – Ich habe aber ganz bestimmt nicht versucht, ihn anzubaggern. Und wenn du Oltbeck erzählst, dass ich solche Fan-Aufnahmen von dem Jongleur habe, dann zieht der Chef mich garantiert von dem Fall ab!«

»Er muss es ja nicht erfahren«, gab ihr Kollege beruhigend zurück. Er fuhr fort: »Ich weiß, wie professionell du bist. Du würdest bei einem Tatverdächtigen niemals ein Auge zudrücken – und wenn du ihn noch so sehr magst.«

Mona wäre Enno für diese anerkennenden Worte am liebsten um den Hals gefallen. Aber sie fand, dass sie für den Moment schon genug von ihrem Gefühlsleben preisgegeben hatte. Also beschränkte sie sich auf ein dankbares Lächeln: »Du bist doch der Beste! – Und jetzt lass uns diese Damen genauer unter die Lupe nehmen!«

Die beiden kehrten zunächst zur Polizeiwache zurück, denn die Ferienhäuser waren weit über die Insel verteilt. Sie stiegen in ihren Dienstwagen und fuhren Richtung Ostland. Die dort befindliche Urlaubsunterkunft war am weitesten vom Ortskern Borkums entfernt. Mit dem Auto konnte man die Strecke innerhalb einer Viertelstunde zurücklegen, doch zu Fuß benötigte man mindestens eine Stunde – sofern man sich zügig bewegte. Als Versteck für einen flüchtigen Mörder wäre das Haus jedenfalls bestens geeignet, wie Mona fand. Es gab keine unmittelbaren Nachbarn, das Rotziegel-Gebäude schmiegte sich in den Windschatten einer Düne. Nachdem Enno den Motor abgestellt hatte, konnte man die Nordsee rauschen hören. Einen freien Blick auf das Meer gab es wegen der Dünen nicht, aber der Nordstrand konnte innerhalb von zehn Minuten zu Fuß erreicht werden. Ob Timo dort wieder seine Kunststücke aufführte? Die Kommissarin konnte es sich nicht vorstellen. Bisher schien der Artist immer sehr großen Wert auf Publikum gelegt zu haben. Und hier oben im Ostland konnte man nicht auf sehr viele Schaulustige hoffen, noch nicht einmal in der Hauptsaison. Die meisten Badegäste versammelten sich am breiten Hauptstrand unterhalb der Promenade, wo man Milchbuden und andere Gastronomie in Reichweite hatte. Der Nordstrand wurde von Sonnenhungrigen kaum frequentiert, hierher kamen vorzugsweise Spaziergänger, Vogelliebhaber und Radwanderer. Und natürlich ließen sich gelegentlich Seehunde blicken, die sich hier ungestört fühlten. Der Oberkommissar hatte einen Steinwurf weit entfernt von dem Ferienhaus geparkt. Ein Auto, das der Mieterin gehören könnte, war nirgendwo zu sehen. Dies musste allerdings nichts zu bedeuten haben. Vielleicht hatte die Frau sich mit einem Taxi zu ihrer Unterkunft chauffieren lassen und wollte sich auf der Insel hauptsächlich mit einem Leihrad fortbewegen, das die meisten Besitzer von Ferienhäusern ihren Gästen zur Verfügung stellten.

»Könnte Timo abgehauen sein, als er unseren Wagen herankommen sah?«, überlegte Enno.

»Ja, sicher. Wenn er durch ein Fenster der Rückfront geklettert ist, dann konnten wir ihn nicht erblicken«, antwortete Mona, »und wenn er die Beine in die Hand nimmt, ist er innerhalb von ein paar Minuten zwischen den Kobbedünen verschwunden. – Aber warum sollte unser Auto ihn misstrauisch machen? Es hat keine Polizeimarkierung. Und ich bezweifle, dass er uns auf die Distanz im Wageninneren erkennen konnte. Natürlich ist es möglich, dass er uns irgendwann in den letzten Tagen in unserem fahrbaren Untersatz gesehen hat.«

»Schauen wir doch mal, ob überhaupt jemand daheim ist.«

Mit diesen Worten ging Enno langsam auf das Haus zu. Es wirkte friedlich, verträumt – und unbewohnt. Nur ein Holzschild im Fenster links neben der Eingangstür verriet, dass es jemand gemietet haben musste: FERIENHAUS BELEGT. Alle Fenster waren geschlossen. Während der Ostfriese klingelte, umrundete Mona langsam die Rotziegelmauern. Dabei legte sie ihre Rechte auf den Griff ihrer Pistole, die sie in einem Clipholster am Gürtel ihrer Jeans trug. Die Kommissarin lauschte, aber sie hörte nur das Knirschen der Kieselsteine unter ihren Schuhsohlen, die Möwenschreie über dem Nordstrand und das Klappern eines losen Fensterladens im Wind. Sie vergewisserte sich, dass auch auf der Rückseite alle Fenster fest geschlossen waren. Natürlich war es auch möglich, dass Timo sich im Haus verkroch und darauf hoffte, dass die Beamten ihn nicht finden würden. Sie hielt den Verdächtigen für intelligent. Ihm musste klar sein, dass die Kommissare ohne Durchsuchungsbeschluss nicht einfach eindringen konnten. Und eine Verbindung zwischen dem Jongleur und Gudrun Welling – so lautete der Name der Ferienhausmieterin – gab es nicht. Es war bisher lediglich eine Annahme, dass Timo sich bei der Frau aufhalten konnte. Mona hörte, dass Enno ein zweites und ein drittes Mal läutete. Sie beendete ihren Kontrollgang und kehrte von der anderen Seite aus zu ihrem Kollegen zurück. Der Oberkommissar kratzte sich im Nacken.

»Da werden wir wohl später noch einmal zurückkehren müssen«, meinte er.

»Eigentlich ist es kein Wunder, dass wir um die Mittagszeit bei dem schönen Wetter Frau Welling nicht in ihrer Unterkunft angetroffen haben«, sagte Mona. »Wir sollten nach Sonnenuntergang – nee, warte mal … da kommt jemand!«

Das Ferienhaus stand zwar an einer asphaltierten Straße, dies bedeutete aber nicht, dass man mit Durchgangsverkehr rechnen musste. Im Ostland war Borkum buchstäblich zu Ende. Ruhe fand man hier im Übermaß. Die Person, die nun auf einem Damenrad auf die Kommissare zufuhr, war eine Frau in den Fünfzigern. Sie trug Sandalen, eine blaue Caprihose und ein weißes Oberteil ohne Kragen. Ihren Hals und ihren Kopf schützte sie mit einem bunten Tuch und einer Schirmmütze vor der Sonne. Sie stieg direkt vor den Ermittlern vom Rad und warf ihnen einen misstrauischen Blick zu: »Kann ich Ihnen helfen?«

Enno lächelte, während er seinen Dienstausweis zeigte: »Moin, ich bin Oberkommissar Moll. Das ist Kommissarin Sander. – Sind Sie Frau Gudrun Welling?«

»Ja, die bin ich«, lautete die Antwort. »Woher kennen Sie meinen Namen?«

Die Urlauberin wirkte beunruhigt, was Mona nachvollziehen konnte. Ihr selbst wäre es auch seltsam vorgekommen, als Feriengast scheinbar grundlos von der Polizei befragt zu werden. Da sie selbst Ermittlerin war, wusste sie natürlich, dass ohne Auskünfte von Zeugen eine effektive Verbrechensbekämpfung kaum möglich war. Doch für eine Zivilistin, die ansonsten nichts mit Kriminalität zu schaffen hatte, musste die Begegnung mit den beiden Kommissaren irritierend wirken. Sogar dann, wenn Gudrun Welling nichts zu verbergen hatte.

»Es handelt sich um eine normale Routineüberprüfung«, versicherte der Ostfriese, »wir haben von der Touristeninformation erfahren, dass Sie dieses abgelegene Ferienhaus gemietet haben …«

Gudrun Welling fiel ihm ins Wort: »Ja, weil ich die Abgeschiedenheit liebe und mit der Natur im Einklang sein wollte. Ich wünschte mir, dass ich ungestört bleibe. Aber das hat ja offensichtlich nicht geklappt.«

Dafür, dass sie entspannen will, wirkt sie ziemlich gereizt, dachte die Ermittlerin. Aber aus welchem Grund? Lag es daran, dass diese Frau wirklich nur die Einsamkeit suchte? Oder wollte sie durch ihr abweisendes Verhalten die Kommissare vergraulen? Mona war noch nicht sicher, wie sie Gudrun Wellings Verhalten beurteilen sollte.

»Wir werden Sie nicht lange stören«, beteuerte Enno auf seine übliche gemütliche Art, »aber ich müsste bitte einmal Ihren Personalausweis sehen. Das ist eine reine Vorsichtsmaßnahme.«

Die Frau zögerte, griff dann aber in ihre lederne Umhängetasche: »Also gut, wenn ich Sie auf diese Art möglichst schnell wieder loswerde … falls Sie glauben, mit solchen Überprüfungen Werbung für diese Insel zu machen, dann irren Sie sich gewaltig!«

Sie gab dem Oberkommissar ihren Personalausweis. Während er die Angaben notierte, zeigte seine Kollegin Gudrun Welling ein Foto von Timo: »Haben Sie diese Person schon einmal gesehen?«

Die Zeugin betrachtete erst das Bild, dann schaute sie Mona ins Gesicht – um sich erneut der Aufnahme zuzuwenden. Die Kommissarin hätte gern gewusst, was Gudrun Welling in diesem Moment durch den Kopf ging.

»Und wenn es so wäre?«, fragte die Urlauberin nach einer recht langen Gesprächspause.

»Wir müssen umgehend mit dem jungen Mann sprechen«, erklärte die Kommissarin eindringlich. Gudrun Welling zuckte mit den Schultern: »Ich habe ihn gestern am Hauptstrand gesehen, als er mit drei bunten Bällen jongliert hat. Aber ich war nicht die Einzige, die ihm zuschaute. Da sind mindestens zwei Dutzend Badegäste gewesen, die er mit seiner Darbietung prächtig unterhalten hat. – Was wollen Sie denn überhaupt von ihm?«

»Wir benötigen eine Zeugenaussage«, antwortete Mona. Sie ließ unerwähnt, dass es sich um eine Mordermittlung handelte. Die Kommissarin wusste nicht, was sie von der Ferienhausmieterin halten sollte. Gewährte sie Timo Unterschlupf – oder hatte sie ihn wirklich nur seine Kunststücke aufführen sehen?

Enno gab der Urlauberin ihren Ausweis zurück: »Vielen Dank für Ihr Entgegenkommen, Frau Welling. Wir wünschen Ihnen noch einen schönen Aufenthalt auf unserer Insel. Und falls Sie den jungen Unterhaltungskünstler sehen, dann rufen Sie uns bitte an.«

Er gab ihr eine seiner Visitenkarten. Frau Welling steckte sie zögernd ein: »Was soll er denn überhaupt verbrochen haben? Ich dachte, Landstreicherei wäre schon lange nicht mehr strafbar.«

»Davon ist keine Rede«, unterstrich der Oberkommissar. »Wie meine Kollegin schon sagte: Wir möchten ihn als einen möglichen Zeugen befragen.«

»Ich werde mich melden, wenn ich den Herrn bemerken sollte«, behauptete Gudrun Welling. Dann ließ sie die Ermittler einfach stehen, schob ihr Fahrrad in den Schuppen und schloss das Haus auf. Mona und Enno warteten, bis sie hineingegangen war. Der Ostfriese setzte ein breites Lächeln auf, als die beiden wenig später ins Auto stiegen.

»Darf ich fragen, was dich so erfreut? Die Dame hat uns ja nicht gerade mit offenen Armen empfangen. Eigentlich war sie sogar ziemlich widerspenstig.«

»Ja – weil sie etwas zu verbergen hat, Mona.«

»Das ist auch mein Eindruck … aber Oltbeck würde sagen, dass es dafür keinen Beweis gibt«, meinte die Kommissarin.

»Gudrun Welling hat sich trotzdem selbst verraten, und zwar durch ihre Bemerkung mit der Landstreicherei«, erklärte Enno.

Seine Kollegin schnippte mit den Fingern: »Ich ahne, worauf du hinauswillst! Wir haben mit keiner Silbe erwähnt, dass Timo über keinen Wohnraum auf Borkum verfügt. Sie scheint aber über seine Situation Bescheid zu wissen, zumindest könnte man dies aus ihren Worten schlussfolgern. Also lebt er bei ihr im Ferienhaus?«

»Diese Möglichkeit besteht«, meinte der Ostfriese, »und momentan sehe ich keine Chance, dass wir uns drinnen umsehen dürfen. Mit dieser Frau ist nicht gut Kirschen essen. Wir haben nichts in Händen, was einen Durchsuchungsbeschluss rechtfertigen würde.«

»Wir sollten uns nicht an Gudrun Welling festbeißen«, schlug Mona vor, »stattdessen könnten wir so tun, als ob Timo unschuldig wäre. Und was würde er in diesem Fall tun?«

»Natürlich an den Strand gehen, um die Menschen mit seiner Akrobatik zu beeindrucken«, erwiderte Enno augenzwinkernd.

Die beiden fuhren ein Stück weit Richtung Ortsmitte und hielten in der Nähe vom Aussichtspunkt Olde Düne. Der Oberkommissar hatte ein Fernglas dabei. Das Wetter war klar genug, am Himmel konnte man kein einziges Wölkchen erblicken. Und auch von Timo fehlte auf dem breiten Sandband des Strandes jede Spur.

»Kein Wunder«, meinte die Kommissarin, »auf diesem Abschnitt sind viel zu wenige Badegäste, da fehlt ihm das Publikum. Wir müssen zum bewachten Strand bei der DLRG-Station Nordbad, da ist um diese Tageszeit besonders viel los.«

»Einen Versuch ist es wert«, stimmte Enno zu, »und falls Timo wirklich keine Straftat begangen hat, wird er auch nicht abzuhauen versuchen.«

Die Kommissare fuhren weiter Richtung Promenade. Mona hing ihren Gedanken nach. War Timo wirklich nichts anderes als ein moderner Gigolo, der sich dank seines guten Aussehens ein gutes Leben mithilfe von einsamen Frauen machte? Merle Levers hatte offenbar ein ziemlich negatives Bild von ihm, aber war dies nicht vielleicht durch Eifersucht gefärbt? Und – aus welchem Grund hatte der Artist mit der Kommissarin über ein mögliches Tötungsdelikt reden wollen? Sie konnte sich noch so sehr den Kopf darüber zerbrechen – eine plausible Erklärung fand sie nicht. Es wurde dringend Zeit, dass Timo Farbe bekannte und aussagte, was er wirklich wusste.

Kapitel 5

Die Ermittler stellten ihren Wagen auf dem Parkplatz Am Engel'se Pad ab und gingen zur Jann-Berghaus-Straße hinunter. Von dort aus führte eine breite Steintreppe zur darunter befindlichen Promenade – und hinter dieser langen und äußerst beliebten Flaniermeile begann der Hauptstrand. Für Mona und Enno war das turbulente Treiben auf diesem Abschnitt während der Sommersaison ein alltäglicher und vertrauter Anblick. Trotzdem war die Kommissarin immer wieder von der Mischung aus Ruhe und Action fasziniert. Während die einen Feriengäste in den Strandkörben die Seele baumeln ließen, suchten die anderen beim Beachvolleyball oder beim Windsurfen ihren speziellen Adrenalin-Kick. Die Kommissare schauten sich um. Sie brauchten nicht lange, um Timo zu entdecken. Genauer gesagt erblickten sie zunächst nicht ihn, sondern eine kleine Menschenmenge in der Nähe des Spülsaums der Nordsee. Doch über den Köpfen der Urlauber sah man einige bunte Jonglierbälle, die rhythmisch in die Luft geworfen wurden. Einige Kinder lachten und kreischten vor Begeisterung. Die Kriminalisten stapften durch den heißen Sand auf die Zuschauer zu und bahnten sich einen Weg zwischen den Umstehenden. Mona und Enno hatten sich nicht getäuscht. Der Verdächtige genoss offensichtlich die Aufmerksamkeit seines Publikums. Er lachte die Polizisten unbeschwert an. Entweder handelte es sich bei ihm wirklich um einen eiskalten und gefühllosen Mörder – oder er hatte mit Katja Brunks Tod nichts zu tun. Die Kommissarin hoffte inständig, dass die zweite Variante zutraf. Allerdings hatte sie sich in der Vergangenheit leider schon öfter in Tätern getäuscht, wie sie selbstkritisch zugeben musste. Momentan kam es darauf an, Timo möglichst unauffällig vom Strand wegzubekommen. Der Artist schien zu spüren, dass die beiden ausschließlich wegen ihm erschienen waren. Er tat die bunten Bälle in eine Baumwolltasche und verbeugte sich tief. Applaus brandete auf.

»Es ist Zeit für eine Pause, Timo«, sagte Mona und machte eine einladende Bewegung. Die Badegäste schienen zu glauben, dass es sich bei den Ermittlern um Freunde oder Verwandte des Jongleurs handelte. Die Kommissarin tat nichts, um diesem Eindruck zu widersprechen. Timo hatte auch Enno kurz kennengelernt, als er den

Hinweis auf den Taschendieb gegeben hatte. Er nickte dem Oberkommissar zu und fragte: »Was habt ihr vor?«

»Wir gehen erst einmal zum Auto«, sagte die Kriminalistin.

Timo schaute erst sie und dann ihren Kollegen an. »Geht es um die Sache, die ich angedeutet habe? Da kann ich leider noch nichts Neues berichten«, behauptete der Artist. Entweder war er wirklich so arglos oder er spielte den Ermittlern etwas vor.

Vielleicht kann Timo ja nicht nur mit Bällen, sondern auch mit Worten erstklassig jonglieren, dachte Mona. Nachdem die drei den Parkplatz erreicht hatten, sagte sie: »Katja Brunk wurde ermordet, du stehst unter dringendem Tatverdacht. Du musst dich nicht zur Sache äußern und hast das Recht auf einen Anwalt.«

Timo öffnete den Mund, er rang nach Luft und riss die Augen auf. Die Neuigkeit schien ihn wie ein Hammerschlag zu treffen. Doch falls er wirklich der Mörder war, hatte er genügend Zeit gehabt, um diese Reaktion einzuüben.

»Katja … lebt nicht mehr? Und ihr glaubt, ich hätte sie umgebracht?«, stieß er hervor. Timo wirkte verblüfft, keineswegs empört.

»Wir setzen das Gespräch am besten auf der Wache fort«, schlug Enno vor. »Ich werde dich jetzt durchsuchen. Hast du Waffen oder Gegenstände bei dir, an denen ich mich verletzen könnte?«

»Ich habe ein Taschenmesser, die Klinge ist aber nicht ausgeklappt«, murmelte der Verdächtige. Er wirkte seltsam geistesabwesend, sein Blick war glasig. Was ihm wohl in diesem Moment durch den Kopf ging? Enno fand das Messer in Timos linker Hosentasche und tat es in einen Beutel für Beweisstücke. Beim Mord an Katja Brunk war es offensichtlich nicht zum Einsatz gekommen. Dies musste aber nicht bedeuten, dass es bei anderen Verbrechen keine Rolle gespielt hatte. Der Oberkommissar fand auch Timos Personalausweis in seiner Gesäßtasche und reichte ihn an Mona weiter. Der Artist hieß mit vollem Namen Timo Lorenz und hatte eine Meldeadresse in Frankfurt am Main. *Von dort aus ist es nicht weit nach Wiesbaden, von wo Katja Brunk kommt*, dachte die Ermittlerin. Ob dies etwas zu bedeuten hatte? Sie wollte die Daten des Verdächtigen auf der Dienststelle genauer überprüfen. Vielleicht war Timo ja kein unbeschriebenes Blatt? Bisher hatten die Kommissare ja nur seinen Vornamen gekannt und ihn daher nicht durchleuchten können. Der Artist ließ die Leibesvisitation über sich ergehen, ohne Widerstand zu leisten. Enno fand außer dem Messer und dem Ausweis nur etwas Kleingeld und ein Papiertaschentuch bei ihm.

»Vermisst du dein Handy gar nicht?«, wollte die Kommissarin wissen.

Timo zuckte mit den Schultern: »Es muss mir irgendwann aus der Tasche gefallen sein, aber ich bin sowieso kein großer Telefonfan. Wer mich erreichen will, weiß, wo er mich trifft.«

Darauf erwiderten die Kommissare nichts. Enno stieg mit Timo hinten ins Auto, Mona ließ sich auf den Fahrersitz gleiten und startete den Motor. Es dauerte nicht lange, bis sie die Wache erreicht hatten. Die Ermittler gingen mit dem Artisten direkt in den Verhörraum. Timo erklärte sich damit einverstanden, dass die Befragung als Audiodatei aufgezeichnet wurde. Enno stellte die erste Frage: »Woher kennst du Katja Brunk?«

»Ich habe sie am Strand getroffen, so wie die meisten Menschen, mit denen ich zu tun habe. – So sind ja auch wir drei uns begegnet«, erwiderte Timo und deutete auf die ihm gegenübersitzenden Kommissare sowie auf sich selbst.

»Wann hast du Katja Brunk zum letzten Mal gesehen?«, wollte der Oberkommissar wissen.

»Das muss gestern gewesen sein, so am frühen Abend. Vielleicht gegen 18 oder 19 Uhr.«

»Also am 27. August?«

»Richtig, Enno.«

Mona führte sich vor Augen, dass Katja Brunk um diese Uhrzeit noch gelebt hatte. Zumindest war dies die Einschätzung des Arztes. Sie fragte: »Und wo hast du übernachtet?«

»Jedenfalls nicht im Haus von Katja und Merle.«

»Ich verstehe. Wo bist du stattdessen gewesen?«

»Muss ich darauf antworten, Mona?«

»Das ist in deinem eigenen Interesse«, stellte sie klar.

Timo schien sich plötzlich nicht sehr wohl in seiner Haut zu fühlen. Er rutschte auf seinem Stuhl hin und her, als ob er starke Hitze von unten spüren würde. »Ich will nicht, dass ihr schlecht von mir denkt … aber gegen Gefühle ist nun mal kein Kraut gewachsen«, murmelte er.

Die Kommissarin beugte sich vor: »Timo, du stehst unter Mordverdacht! Falls du nichts Ungesetzliches getan hast, musst du die Justiz nicht fürchten. Aber ich erwarte von dir Ehrlichkeit.«

Timo gab sich geschlagen: »Also gut. Eine andere Frau hat mich zu sich eingeladen. Sie heißt Gudrun Welling und bewohnt ein einsames Haus ganz im Osten der Insel. Sie sagte, dass sie sich dort allein fürchten würde und sich nach Gesellschaft sehnte. Das passte mir gut, denn die Atmosphäre bei Merle und Katja war nicht mehr angenehm. Ich bin ein Mensch, der sehr stark auf seine innere Stimme hört. Und die sagte mir, dass es Zeit zum Gehen sei. Viel Gepäck habe ich ja nicht, alles passt in meinen Rucksack. Den habe ich genommen und mich auf den Weg gemacht. Unterwegs muss ich dann mein Handy verloren haben.«

Zumindest der letzte Satz konnte nach Monas Meinung stimmen. Wenn man vom Ortskern Richtung Ostland wanderte, kam man an dem Abschnitt der Hindenburgstraße vorbei, wo die Ermittler das Telefon des Verdächtigen gefunden hatten. Aber was war mit seinen anderen Behauptungen? Die Kommissarin wollte nachhaken, aber ihr Kollege kam ihr zuvor: »Könntest du uns etwas genauer beschreiben, wodurch die Stimmung bei den beiden Frauen getrübt wurde?«

»Merle und Katja haben sich oft gezankt, zum Teil auch wegen mir. Ich habe zu schlichten versucht, aber dadurch wohl leider nur das Gegenteil erreicht. Sie wurden dann beide auf *mich* wütend, stellt euch das vor!«

Diese Erfahrung hatte Mona in anderen Zusammenhängen schon oft genug selbst machen müssen. Wenn sie als Polizistin bei einem Streit dazwischenging, musste sie damit rechnen, von beiden Seiten attackiert zu werden. Dies war Timo nun anscheinend auch passiert – vorausgesetzt, dass seine Geschichte stimmte. Die Kommissarin sagte: »Deine sämtlichen Klamotten hast du übrigens nicht mitgenommen. Wir haben ein Sweatshirt von dir in Katjas Kleiderschrank gefunden.«

Dieser Satz schien den Artisten zu überraschen: »Echt? Wie ist es denn dorthin gekommen? Ich hatte das Teil schon vermisst und dachte mir, dass es früher oder später wieder auftauchen würde.«

»Das Kleidungsstück befand sich also nicht in Katjas Schrank, weil du ein Verhältnis mit ihr hattest?«, hakte Mona nach.

»Wie kommst du denn darauf?«, wunderte Timo sich. »Zwischen Katja und mir ist nichts gelaufen.«

Jemand lügt hier, dachte die Kommissarin. Merle Levers hatte mit leidenschaftlichen Worten geschildert, dass ihre Freundin dem Artisten beinahe hörig gewesen wäre. Dies musste keineswegs der Wahrheit entsprechen. Letztlich würde die Obduktion der Leiche Gewissheit darüber bringen, ob Katja Brunk in den Stunden und Tagen vor ihrem Tod Sex gehabt hatte – und mit wem.

»Also warst du nicht mit Katja, sondern mit Merle zusammen?«, wollte Enno wissen.

Timo schüttelte den Kopf: »Nee, mit ihr auch nicht. Ehrlich gesagt hat Merle mich ziemlich offensiv angemacht. Aber sie und ich … das wäre nicht gegangen. Ich habe bei den beiden Frauen im Wohnzimmer auf dem Sofa geschlafen, aber sie haben sich nur noch gegenseitig angefaucht. Daran wollte ich nicht schuld sein, versteht ihr? Also bin ich lieber gegangen, obwohl ich Merle und Katja sympathisch finde. Es tut mir leid, dass es eine Tote gegeben hat, aber daran bin ich unschuldig.«

Enno machte sich eine Notiz und sagte: »Wenn Gudrun Welling dich bei sich aufgenommen hat – wird sie dann bestätigen können, dass du in der Nacht vom 27. auf den 28. August bei ihr gewesen bist?«

»Ich habe während dieser Nacht ihr Haus jedenfalls nicht verlassen«, beteuerte Timo.

Natürlich mussten die Angaben des Verdächtigen überprüft werden. Aber falls er wirklich die Wahrheit gesagt hatte, dann stellte sich die Situation vor dem Mord völlig anders dar, zumindest nach Monas Ansicht. War ein Zwist zwischen den beiden Freundinnen so eskaliert, dass Merle Katja erwürgt hatte? Aber dies konnte nur dann geschehen sein, wenn Merle die Insel *nicht* verlassen hatte.

»Wann bist du denn Merle zum letzten Mal begegnet?«, fragte Mona.

Der Artist antwortete: »Gestern Morgen, beim Frühstück. Sie war in Eile, weil sie die Fähre nach Emden erwischen wollte. Merle hatte einen Geschäftstermin auf dem Festland. Dann kam Katja in die Küche, und gleich gab es wieder Zoff. Merle verschwand. Ich rang den ganzen Tag lang mit mir, ob ich ausziehen sollte oder nicht. Aber als ich am Strand ein paar Kunststücke aufführte, lud Gudrun mich spontan in ihr Ferienhaus ein. Also holte ich am frühen Abend meine Sachen. Katja flehte mich an, bei ihr zu bleiben. Aber ich konnte diese vergiftete Atmosphäre nicht mehr ertragen. Deshalb bin ich gegangen. – Ob sie wohl noch leben würde, wenn ich geblieben wäre …?«

Mona überlegte. Timo hatte durch seine Aussage soeben Merles Behauptungen bestätigt. Warum sollte er ihre Festlandreise bestätigen, wenn er ihr den Mord an ihrer Freundin in die Schuhe schieben wollte? Das ergab keinen Sinn. Und wenn Gudrun Welling ihm ein Alibi gab, konnte auch er selbst nicht der Täter sein – vorausgesetzt, dass sie bei der Wahrheit blieb. Hatte der wahre Mörder Timos Sweatshirt in Katjas Schrank gelegt, um den Verdacht auf den Jongleur zu lenken? Bevor die Kommissarin über diesen Punkt genauer nachdenken konnte, wurde die Tür des Verhörraums aufgerissen. Es gehörte zu den Eigenheiten von Polizeimeisterin Grietje Smit, grundsätzlich nicht anzuklopfen, bevor sie einen Raum betrat.

»Hier seid ihr also!«, rief sie. »Es hat vor wenigen Minuten einen zweiten Mord an der Deichstraße gegeben. Das Opfer heißt Merle Levers!«

Kapitel 6

Timo reagierte mit Entsetzen auf diese Nachricht. Er war totenbleich geworden und hielt sich an der Tischkante fest. Auch wenn er angeblich kein Liebesverhältnis mit der Karrierefrau gehabt hatte – sie schien ihm doch nähergestanden zu haben, als es zunächst schien. Aber darüber konnten die Kommissare sich später Gedanken machen.

»Sind Kollegen schon vor Ort?«, fragte Enno, während er sich von seinem Stuhl erhob.

»Ja, Britt und Claas waren auf Streife, als die Meldung kam«, antwortete Grietje. »Eine Nachbarin hat das Opfer identifiziert.«

»Ich muss Merle sehen!«, rief Timo und wollte den Verhörraum verlassen.

Aber Mona stellte sich ihm in den Weg: »Das halte ich für keine gute Idee. Dort ist jetzt ein Tatort. Lass uns unsere Arbeit machen, einverstanden? Wir können uns später ausführlich über Merle unterhalten.«

Der Artist wirkte unentschlossen, versuchte aber immerhin nicht, an der Kommissarin vorbeizukommen.

»Du willst doch auch, dass wir den Mörder fassen!«, sagte die Kommissarin ihm auf den Kopf zu.

»Ja, selbstverständlich«, murmelte Timo. Er senkte den Kopf.

Mona wandte sich an Grietje: »Könntest du den jungen Mann bitte im Auge behalten? Ich schätze, er kann einen Tee vertragen – vielleicht auch etwas Essbares.«

»Denkst du da an meine legendären Jagdwurststullen?«, fragte die Polizistin mit den Wuschelhaaren.

»Klar – wer könnte dieser kulinarischen Köstlichkeit schon widerstehen«, murmelte die Kommissarin und verließ eilig gemeinsam mit ihrem Kollegen die Wache. Sie hatte keinen Zweifel daran, dass Grietje ihrer Aufgabe gewachsen war. Es gab für sie gewiss Schlimmeres, als auf einen gutaussehenden Verdächtigen aufzupassen. Obwohl – was konnte man Timo beim momentanen Stand der Ermittlung überhaupt noch vorhalten? Wenn sich sein Alibi als richtig herausstellte, hatte er die Tatzeit in Gesellschaft von Gudrun Welling verbracht. Und während sich der Mord an Merle Levers ereignet hatte, war er im Verhörraum der Polizeistation gewesen. Zumindest schien momentan alles darauf hinzudeuten. Die Kriminalisten stiegen in ihr Auto und fuhren so schnell wie möglich zur Deichstraße.

»Wenn sich die Tat erst vor Kurzem ereignet hat, könnte der Mörder noch in der Nähe sein«, dachte Enno laut nach. »Mit einer Nahbereichsfahndung erwischen wir ihn hoffentlich.«

»Dein Wort in Gottes Ohr«, erwiderte Mona.

Vor dem Ferienhaus in der Deichstraße parkten ein Polizeifahrzeug und der Wagen des Notarztes. Die Ermittler eilten auf die offen stehende Haustür zu, die von Polizeimeister Claas Lammer bewacht wurde. Er nickte ihnen zu: »Moin, das Opfer befindet sich in der Küche. – Die Melderin lebt im Nachbarhaus, Britt ist bei ihr.«

»Danke, Claas«, sagte Mona.

Sie und Enno gingen hinein. Merle Levers lag auf dem Fliesenboden der modern eingerichteten Küche. Für die Frau kam offenbar jede Hilfe zu spät. Dr. Siemers kniete neben ihr. Er hob den Kopf, als er die Ermittler bemerkte: »Zwei Tötungsdelikte im selben Haus am gleichen Tag – so etwas ist mir auch noch nicht untergekommen. Das Opfer ist erst vor Kurzem erwürgt worden, die Tat kann noch keine Stunde her sein.«

Mona versuchte, aus der Entfernung einen genaueren Blick auf die Leiche zu erhaschen: »Also dieselbe Vorgehensweise wie bei dem Opfer im Wohnzimmer?«

»Grob gesehen ja«, lautete die Antwort des Mediziners, »allerdings sind die Würgemale diesmal anders angeordnet. Ich vermute, dass der Verbrecher hinter der Frau gestanden hat, während er seine Finger in ihren Hals grub.«

»Und Merle Levers scheint den Täter zum Kaffee eingeladen zu haben«, meinte Enno, »also könnte sie ihn erwartet haben. Wir sollten nach einem Hinweis auf eine Verabredung suchen.«

Er deutete auf die Anrichte. Dort standen zwei Tassen samt Untertassen, außerdem ein Tellerchen mit Keksen. Die Kaffeemaschine hatte ihre Arbeit bereits beendet, es duftete nach frischem Kaffee, und der Power-Schalter leuchtete rot. Um die Spurenlage konnte man sich später kümmern, die Indizien vor Ort konnten nicht verschwinden – im Gegensatz zu dem Täter. Ob die Melderin ihn gesehen hatte?

»Lassen Sie uns später weitersprechen, Herr Dr. Siemers«, bat Mona, »den Totenschein können Sie zunächst unserem Kollegen geben.«

Die Ermittler verließen das Ferienhaus wieder.

»Die Nachbarin heißt Wiebke Donk«, sagte Enno, indem er auf das Haus neben dem Tatort deutete, »sie wohnt schon mindestens seit dreißig Jahren auf Borkum, ist damals mit ihrem Ehemann hierher gezogen.«

Das Haus der Donks war etwas kleiner als das Feriendomizil, in dem sich das Verbrechen ereignet hatte. Der Oberkommissar klingelte, und wenig später wurde ihm von Polizeimeisterin Britt Mölders geöffnet. Sie nickte den Ermittlern zu: »Die Melderin sitzt in der Küche.«

Die beiden folgten Britt ins Innere. Die Küche war altmodisch eingerichtet, aber blitzsauber. Wiebke Donk war eine mittelgroße Frau mit grauer Dauerwellenfrisur. Sie trug eine blaue Leinenhose und ein verblichenes Polohemd. Enno begrüßte sie und fragte: »Kennst du meine Kollegin Mona Sander?«

»Wir haben noch nicht miteinander gesprochen, aber ich sah euch öfter zusammen im Ort. Da habe ich mir gedacht, dass die junge Frau auch bei der Polizei ist«, sagte die Nachbarin mit tonloser Stimme.

»Bitte erzählen Sie uns, was geschehen ist«, bat die Kommissarin. Sie hatte es eilig, denn je größer der Vorsprung des Mörders wurde, desto besser waren seine Chancen.

Wiebke Donk riss die Augen weit auf. Vermutlich erlebte sie die Ereignisse innerlich erneut, als sie zu berichten begann: »Ich arbeitete gerade im Garten, als ich einen lauten Schrei aus dem Ferienhaus hörte. Ich dachte, es hätte sich vielleicht jemand in der Küche verletzt. Heutzutage sind ja viele Menschen nicht mehr so geschickt, wenn sie zum Beispiel Gemüse schneiden wollen. Oder von Unfällen mit heißem Wasser liest man ja auch öfter. Jedenfalls wollte ich helfen und habe geschellt. Und im nächsten Moment wurde die Tür aufgerissen. Ein Mann stürmte hinaus, er hätte mich beinahe umgerannt. Da spürte ich, dass etwas Furchtbares passiert sein musste. Aber ich wollte mir Gewissheit verschaffen. Also ging ich hinein, obwohl meine Knie weich wie Butter waren. Und dann sah ich die arme Frau Levers in der Küche liegen … sie bewegte sich nicht mehr. Auch nicht, als ich sie ansprach. Da lief ich in mein Haus zurück und alarmierte die Polizei.«

»Woher kannten Sie den Namen des Opfers?«, fragte Mona. »Es handelt sich ja um ein Ferienhaus, in dem die Gäste ständig wechseln.«

»Ja, aber mit Frau Levers habe ich mich vorgestern ein wenig unterhalten«, berichtete Wiebke Donk, »sie fragte mich, wo sie ihr Leihrad reparieren lassen könnte. Ich bemerkte ihren Akzent. Da sagte sie, dass sie aus Hessen käme – und sie hat mir ihre Visitenkarte gegeben.«

Die Nachbarin zeigte dem Oberkommissar die Karte. Darauf stand: »Merle Levers, Unternehmensberatung.« Auch eine Telefonnummer und eine Adresse in Wiesbaden fehlten nicht.

»Lass uns auf die Geschehnisse zurückkommen«, bat Enno, »kannst du uns den Verdächtigen genauer beschreiben? Jedes Detail ist wichtig.«

»Ich habe ihn ja nur kurz von der Seite gesehen«, murmelte die Nachbarin, »er war nicht so groß wie du. Seine Figur würde ich als schlank bezeichnen. Er trug Jeans und eine dunkle Kapuzenjacke mit einem weißen asiatischen Schriftzeichen auf der Brust. Von seinem Gesicht habe ich fast nichts erkennen können. – Ah, und er hatte einen Ehering an der Hand!«

»Also kannst du auch nichts zum ungefähren Alter sagen?«

»Nein, Enno. Es ging alles so schnell …«

Wiebke Donk senkte den Kopf. Mona griff zum Funkgerät. Sie informierte die Wache und gab die Beschreibung des Tatverdächtigen durch. Allerdings machte sie sich keine großen Hoffnungen, dass die Fahndung zum Erfolg führen würde. Ein verheirateter Mann, dessen Haarfarbe ebenso unklar war wie sein Alter? Eine Person, die Jeans trug und nicht übergewichtig wirkte? Es gab auf der Insel vermutlich etliche Hundert, auf die eine solche Beschreibung zutraf. Wenn der Mörder halbwegs clever war, würde er zumindest sein Oberteil möglichst schnell loswerden. Die Kapuzenjacke mit dem Schriftzeichen war ein Kleidungsstück, das man nicht so oft sah. Auf Borkum gab es genügend Textilgeschäfte, die ähnliche Waren im Sortiment hatten – aber eher mit Ankern oder anderen seemännischen Symbolen verziert.

»Ist der Mann zu Fuß geflohen? Oder hatte er ein Fahrrad? Oder ein Auto?«, wollte Mona von der Nachbarin wissen.

Wiebke Donk überlegte einen Moment lang, dann antwortete sie: »Falls er ein Rad oder Auto hatte, konnte ich es nicht sehen. Er ist in Richtung Jakob-van-Dyken-Weg gelaufen, da bin ich mir sicher. Ich hab ihm dann aber nicht mehr nachgeschaut, sondern bin ins Haus gegangen.«

Die Kommissarin nickte der Zeugin zu.

»Was hältst du davon, wenn wir uns in der näheren Umgebung umschauen?«, fragte sie Enno. »Die Kollegen bleiben ja hier und sichern den Tatort, bis die Kriminaltechniker erscheinen.«

»Ja, daran hatte ich auch schon gedacht«, erwiderte der Ostfriese, bevor er sich an Wiebke Donk wandte: »Vielen Dank. – Kommst du bitte später zur Wache, damit wir deine Aussage schriftlich niederlegen können?«

»Ja, natürlich. Hauptsache, ihr schnappt diesen Kerl«, gab sie zurück.

»Wir tun unser Möglichstes«, versicherte Mona. Dann verließ sie gemeinsam mit dem Oberkommissar das Haus. Die beiden stiegen in ihren Dienstwagen und begannen damit, langsam die zahlreichen Seitenstraßen der Deichstraße zu kontrollieren. Während sie dies taten, sprachen sie weiter über den Fall.

»Die Vorgehensweise scheint bei beiden Taten sehr ähnlich gewesen zu sein«, stellte Enno fest, »der Mörder konnte ins Haus gelangen, ohne einbrechen zu müssen. Die beiden Frauen scheinen ihm vertraut zu haben, oder? Dafür spricht zumindest das Fehlen von Kampfspuren. Und Merle wollte offenbar sogar mit ihm Kaffee trinken, bevor er ihr Leben ausgelöscht hat.«

»Sobald die Presse von den zwei Morden Wind bekommt, wird in den Medien garantiert vom *Borkumer Würger* die Rede sein«, meinte Mona grimmig. Sie fügte hinzu: »Das ist ein Grund mehr, das Rätsel so schnell wie möglich zu lösen. – Merle und Katja waren Freundinnen. Von Merle wissen wir, dass sie als Unternehmensberaterin tätig war. Vorausgesetzt, dass dies überhaupt stimmt.«

»Du meinst, weil Unternehmensberaterin kein geschützter Begriff ist?«

»Richtig, Enno. Wer weiß, womit sie in Wahrheit ihr Geld verdient. Wir sollten unbedingt herausfinden, was für einen Termin sie auf dem Festland gehabt hat. Vielleicht hängt ihr gewaltsamer Tod damit zusammen. Und Katjas Beruf ist uns noch gar nicht bekannt.«

»Das werden wir von ihren Eltern erfahren können, sobald sie die Todesnachricht einigermaßen verkraftet haben«, schlug der Ostfriese vor.

Sie nickte und erwiderte: »Der Täter wollte also beide Frauen beseitigen. Ich stelle mir vor, dass er das Haus beobachtet hat. Er konnte nicht zuschlagen, solange Timo dort wohnte.«

»Da bin ich ganz deiner Meinung, Mona. Der Artist ist ein junger und starker Kerl. Er hätte gewiss nicht tatenlos zugesehen, wenn sich jemand an den beiden Frauen vergreifen wollte. – Der Mörder sieht also seine Chance gekommen, als Timo mitsamt Gepäck abhaut. Allerdings reist Merle ebenfalls ab, wenn auch nur über Nacht.«

»Das muss für den Täter kein Nachteil gewesen sein«, erwiderte die Kommissarin, »denn wenn beide Frauen gleichzeitig anwesend wären, hätte eine von ihnen weglaufen und Hilfe holen können, während er die andere zu töten versuchte. Nein, das Risiko war zu hoch. Also konnte er zunächst Katja beseitigen und dann später zurückkehren, um auch Merles Lebenslicht auszulöschen.«

Der Oberkommissar schnippte mit den Fingern und sagte: »Wir sollten unbedingt Merles Einzelverbindungsnachweise checken. Vielleicht hat der Täter sie angerufen, um sich mit ihr zu verabreden.«

»Einen Versuch ist es wert«, stimmte Mona zu, obwohl sie sich nicht vorstellen konnte, dass ein Täter sich einen solchen Schnitzer erlauben würde. Andererseits – wenn er ein Einweghandy benutzt und nach dem Mord weggeworfen hatte, kam auch diese Möglichkeit in Betracht. Die Ermittler mussten einfach jedem Hinweis nachgehen. Sie dachte wieder an Timos Worte am Hundestrand, die sie hellhörig gemacht hatten. Warum wollte er von ihr wissen, ob Mord verjähren würde? Diese Frage bezog sich ihrer Meinung nach eher auf eine Tat in der ferneren Vergangenheit. Oder interpretierte sie zu viel in den Satz des Jongleurs hinein? Während ihr diese Überlegungen durch den Kopf gingen, setzten die beiden ihre Fahndung links und rechts von der Deichstraße fort. In einer der Nebenstraßen – der Julianenstraße – hatten die Molls ihr geerbtes Friesenhaus. Mona kontrollierte systematisch alle Abfalleimer, die sie von der Straße aus sehen konnte. Sie hätte anstelle des Täters jedenfalls sofort die Jacke mit dem auffälligen Emblem entsorgt. Falls der Mörder nicht so umsichtig gewesen war – umso besser. Die Chance, einen Verdächtigen mit einem so unverwechselbaren Kleidungsstück finden zu können, standen gut – vor allem auf einer Insel, von der man nicht so einfach verschwinden konnte. Zwischen dem Tatort und der Inselbahnstation Jakob-van-Dyken-Weg wohnten hauptsächlich alteingesessene Borkumer wie der Oberkommissar und seine Gattin. Wenn die Ermittler Passanten begegneten, hielten sie diese an und fragten nach dem Gesuchten. Aber niemand wollte einen Mann gesehen haben, auf den die Beschreibung passte. Mona schaute bestimmt schon in den zwanzigsten Mülleimer, als sie fündig wurde. »Bingo!«, rief sie, nachdem sie den Tonnendeckel geöffnet hatte. Ein sehr touristisch wirkendes Paar, das vorbeispazierte, warf ihr mitleidige Blicke zu. Offenbar dachten die beiden, dass sie auf den Abfall anderer Menschen angewiesen war. Mona zog einen Beutel für Beweisstücke aus der Tasche und tat die Kapuzenjacke hinein. Vermutlich waren die DNA-Spuren nicht mehr ganz astrein, weil das Kleidungsstück im Müll gelegen hatte. Aber mit etwas Glück würden sich zumindest Haare des Mörders an dem Stoff nachweisen lassen.

»Sehr gut«, lobte Enno, nachdem sie mit ihrem Fund wieder eingestiegen war, »also hat sich unser kleiner Ausflug gelohnt.«

Seinen Worten folgte ein unüberhörbares Magenknurren.

»Du Ärmster!«, rief Mona lachend, wobei sie auf seinen runden Bauch klopfte. »Wollen wir eben kurz eine Mittagspause einlegen, bevor wir Timos Befragung fortsetzen? Wer weiß, wie lange das noch dauern wird. Und der Artist selbst dürfte inzwischen von Grietje mit ihren legendären Jagdwurststullen abgefüttert worden sein.«

Die Miene des Ostfriesen hellte sich bei der Aussicht auf eine warme Mahlzeit sichtbar auf: »Ja, das ist ein ausgezeichneter Vorschlag.«

Die beiden fuhren noch kurz zum Tatort zurück und nahmen den von Dr. Siemers ausgestellten Totenschein mit. Die Kriminaltechniker waren inzwischen eingetroffen und hatten bereits mit ihrer Arbeit begonnen.

»Habt ihr bei der Leiche ein Handy sichergestellt?«, wollte die Ermittlerin wissen.

»Ja, es muss aber noch entsperrt werden«, antwortete einer der Spezialisten. »Sobald dies geschehen ist, lassen wir euch die Daten zukommen.«

Mona bedankte sich. Die Kommissare beschlossen, in der beliebten Borkumer Pizzeria *Il Faro* zu essen. Auf dem Weg dorthin meinte Enno: »Es wäre auch interessant, einen Blick in Timos Handy zu werfen. Ich halte ihn zwar nicht mehr für direkt tatverdächtig, aber er weiß garantiert mehr, als er uns gegenüber bisher preisgegeben hat.«

»Du denkst, er könnte ein Komplize des Mörders sein?«

»Nicht bewusst, Mona. Aber wir reden hier über einen Menschen, der scheinbar unbekümmert in den Tag hineinlebt. Er hat keinen festen Wohnsitz, und von einem Einkommen ist mir auch nichts bekannt. Lässt er sich von den Frauen aushalten? Ja, möglicherweise. Aber Reichtümer hat er dabei anscheinend nicht angehäuft. Timo ist meiner Meinung nach auf eine sympathische Art weltfremd. Dadurch kann er von einem Mann mit hoher krimineller Energie leicht manipuliert werden.«

Der erfahrene Kriminalist hatte Timo sehr gut eingeschätzt, wie seine Kollegin fand. Die Ermittler stellten das Auto auf dem Hof der Wache ab und gingen zu Fuß zum *Il Faro*, das sich in Sichtweite des Neuen Leuchtturms befand. Da dieses Bauwerk zu den beliebtesten Sehenswürdigkeiten der Insel gehörte, war hier immer viel los. Urlauber und Kurgäste saßen auf den Ruhebänken, die rund um den Turm aufgestellt waren.

»Mir ist gerade jemand eingefallen, den wir auf jeden Fall als Verdächtigen betrachten sollten – zumindest, bis er ein wasserdichtes Alibi hat«, meinte Enno, während die beiden zwischen den Erholungssuchenden rund um den Leuchtturm hindurch schlenderten. Mona warf ihm einen fragenden Blick zu, also fuhr er fort: »Ich spreche von Katjas Ex-Freund, über den Merle kein gutes Wort verloren hat. Er mag ja in ihren Augen ein Versager sein – aber vielleicht sprechen wir auch von einem Mann, der kein Nein seiner Ex-Freundin akzeptieren will.«

Der Oberkommissar ahnte, worauf die Überlegung seiner jungen Kollegin abzielte. Er sagte: »Also wäre der Ex-Freund Katja heimlich nachgereist? Er könnte sie aus der Ferne beobachtet haben, wobei Timos Anwesenheit seine Eifersucht nur noch mehr angestachelt haben könnte. Als dann sowohl der Artist als auch Merle das Haus verlassen, sieht er seine Chance gekommen. Er bittet Katja um eine letzte Aussprache, aber bei ihm brennen die Sicherungen durch. Er tötet Katja im Affekt. Übrigens wäre die Tatsache, dass er mit ihr zusammen gewesen ist, eine Erklärung dafür, dass sie den späteren Mörder einfach ins Haus gelassen hat. Vielleicht erfolgte die Trennung ja mehr oder weniger einvernehmlich, daher könnte Katja arglos gewesen sein.«

Mona war skeptisch: »Bis dahin kann ich deiner Argumentation folgen, aber wozu dann der Mord an Merle?«

»Da kann ich nur Vermutungen anstellen«, gab Enno zu, »die einleuchtendste wäre, dass der Ex-Freund Merle ebenso verabscheut hat wie sie ihn. Vielleicht bildete er sich ein, dass Katja von ihrer

Freundin gegen ihn aufgehetzt wurde? Außerdem hätte Merle ihn womöglich wegen des Mordes an Katja belasten können – aus Gründen, die wir noch nicht kennen. Es spielt übrigens keine Rolle, ob dies wirklich so war. Entscheidend ist, dass er es *geglaubt* haben könnte.«

»Würde Merle den ›Versager‹ zum Kaffee eingeladen haben?«, dachte die Kommissarin laut nach. Enno räumte ein:»Dafür habe ich keine Erklärung, auch nicht für den Ehering an einem Finger des Verdächtigen ... wobei mir klar ist, dass es untreue Ehemänner gibt.«

»Es kann eben nicht jeder so brav sein wie du«, sagte Mona lachend und küsste ihn auf die Wange, um ihn in Verlegenheit zu bringen. Dazu musste sie sich allerdings auf die Zehenspitzen stellen, anders ging es bei ihrer geringen Körpergröße nicht.

Enno bekam rote Ohren:»Wenn das Oltbeck gesehen hätte!«

»Er würde es überleben«, behauptete die Kriminalistin. Sie erinnerte sich plötzlich wieder an ihr Telefonat mit dem Chef, als sie gerade unbekleidet gewesen war. Davon würde sie ihrem Kollegen garantiert nichts erzählen. *Eine Frau braucht eben auch ihre Geheimnisse,* entschied Mona.

Die Kommissare hatten Glück und konnten einen Fensterplatz in der gut gefüllten Pizzeria mit den unverwechselbaren Terrakotta-Fliesen ergattern. Mona bestellte Spaghetti Carbonara, Enno wollte eine Pizza Salami. Während sie auf ihr Essen warteten, tranken sie alkoholfreies Bier. Der Ostfriese schaute nachdenklich wirkend aus dem Fenster und meinte:»Wir sollten uns auf Verdächtige konzentrieren, die unbedingt beide Frauen beseitigen mussten. Das gilt nicht nur für den Ex-Freund, sondern auch für andere Personen. Ich glaube in diesem Fall nicht an so etwas wie einen Kollateralschaden – der Mord an Merle war eine zwangsläufige Folge von Katjas gewaltsamem Tod.«

»Ich teile deine Ansicht«, stellte Mona klar, »und mit dem Ex-Freund sollten wir anfangen. Die Eltern des Opfers können uns garantiert seinen Namen verraten.«

Wenig später wurde das Essen serviert, und sie ließen es sich schmecken. Mona war in Gedanken nach wie vor beim Fall. Und sie war sicher, dass es ihrem Kollegen genauso ging – trotz seiner unübersehbaren Freude an Speise und Trank. Ob sich der Täter überhaupt noch auf der Insel befand? Wenn jemand vor dem Ende des gebuchten Zeitraums abreiste, blieb dies nicht unbemerkt. Daher hielten clevere Ganoven nach ihrer Straftat lieber die Füße still und verließen Borkum erst, wenn der eingeplante Urlaub vorbei war. Zum Glück erwiesen sich nicht alle Gauner als so vorausschauend.

Nachdem die Ermittler fertig waren und gezahlt hatten, kehrten sie zur Wache zurück. Grietje hatte in der Zwischenzeit Lippenstift aufgelegt und reichlich Gebrauch von ihrem Parfüm gemacht.

»Dieser Artist im Verhörraum ist ja wirklich eine Sahneschnitte!«, schwärmte sie. »Seid ihr sicher, dass er ein gefährlicher Halsabschneider ist? Falls nicht, dann würde ich ihm mal meine Handynummer geben.«

»Sobald wir Timo als Verdächtigen ausschließen können, bekommst du von mir Bescheid«, kündigte Mona an, »aber nur unter einer Bedingung.«

»Nämlich?«

»Enno und ich werden Trauzeugen, wenn du mit Timo vor den Traualtar trittst.«

»Du bist nicht witzig, Mona!«

Die Polizistin unterstrich ihre Worte, indem sie einen Kugelschreiber nach ihrer Kollegin warf – und sie verfehlte. Die Kommissare gingen breit grinsend zum Verhörraum. Doch als sie eintraten, wurden sie schlagartig wieder ernst, denn Timo befand sich in einem erbarmungswürdigen Zustand. Die Augen lagen tief in den Höhlen, er hockte gekrümmt auf dem Stuhl, als ob das Geradesitzen ihm Schmerzen bereiten würde. Die Nachricht von Merle Levers Tod schien ihn viel stärker geschockt zu haben als der Mord an Katja Brunk. Ob die beiden doch ein Verhältnis gehabt hatten? Mona ging nicht davon aus, von dem Jongleur die pure Wahrheit zu erfahren. Er schaute die Kommissarin an, sein Blick enthielt eine Mischung aus Hoffnung und Verzweiflung. Sie schüttelte den Kopf: »Leider ist Merle wirklich tot, der Arzt hat es bestätigt.«

Timo presste die Fäuste gegen seine Schläfen, als ob er dadurch Monas Worte besser in seinen Schädel bekommen könnte. Nach einer kurzen Pause murmelte er: »Ich fürchte, es ist meine Schuld. Bei Katja weiß ich es nicht, aber Merle ist garantiert wegen mir gestorben.«

»Das musst du uns näher erklären«, forderte der Oberkommissar.

Timo atmete tief durch und sagte: »Es hängt alles damit zusammen, dass Merle meine Schwester ist – war.«

Kapitel 7

Einen Moment lang war es ruhig. Nur draußen auf der Strandstraße hörte man das Lachen von Kindern, außerdem den durchdringenden Lokomotiven-Pfiff der abfahrbereiten Kleinbahn aus dem nahegelegenen Inselbahnhof. Mona machte eine auffordernde Handbewegung, woraufhin der Artist weiterredete: »Eigentlich ist es ganz einfach. Ich fand vor einiger Zeit bei einem Familienbesuch Briefe, die mein Vater als junger Mann bekommen hatte. Sie stammten offensichtlich von einer Frau, die von Papa schwanger geworden, aber nicht meine Mutter war. Und diese Frau ist Merles Mama.«

»Und das hast du so einfach herausgefunden?«, fragte Mona skeptisch.

Timo antwortete: »Nein, es hat schon etwas gedauert. Außerdem musste ich vorsichtig sein, damit mein Bruder Benjamin nichts merkt. Obwohl wir dieselbe Mutter haben, könnte der Unterschied zwischen uns nicht größer sein. – Ich lebe dafür, die Menschen zu unterhalten und ihnen Freude zu bereiten. Ben denkt leider nur ans Geld. Ich fürchte, er hätte ein weiteres Familienmitglied nicht akzeptiert.«

Unterstellt er seinem Bruder gerade indirekt, für den Mord verantwortlich zu sein? Bevor die Kommissarin genauer über diesen Punkt nachdenken konnte, sprach der Artist weiter: »Ich beschloss, auf eigene Faust die Bekanntschaft meiner Schwester zu suchen. Zum Glück ist sie in den sozialen Medien sehr aktiv. Ein Freund von mir ist dort auch viel unterwegs, mit meinem alten Handy komme ich überhaupt nicht ins Internet. Von diesem Freund erfuhr ich, dass Merle eine Reise nach Borkum plante, zusammen mit ihrer Freundin Katja. Als Artist bin ich ja ortsunabhängig und kann meine Kunst ausleben, wo ich es will. Also suchte ich ebenfalls eure wundervolle Insel auf. Das Schicksal meinte es gut mit mir – es gelang mir schnell, die Bekanntschaft von Merle und Katja zu machen.«

»Das dürfte wohl weniger auf eine glückliche Fügung als auf die Wirkung zurückzuführen sein, die du auf Frauen hast«, stellte Enno trocken fest.

Timo breitete die Arme aus, als ob er die ganze Welt umarmen wollte: »Dafür kann ich nun wirklich nichts, Enno.«

Vielleicht merkte der Lebenskünstler tatsächlich nicht, wie sein natürlicher Charme auf das weibliche Geschlecht wirkte, obwohl Mona daran ihre Zweifel hatte.

»Ehrlich gesagt hat Merle uns gegenüber an dir kein gutes Haar gelassen«, erklärte sie. »Sie meinte, dass du Katja nur ausnutzen würdest, weil sie sich bis über beide Ohren in dich verknallt hätte.«

»Zwischen Katja und mir ist aber nichts gelaufen«, beteuerte Timo schlicht, »und Merle habe ich sowieso nicht angefasst. Sie war schließlich meine Schwester.«

»Hattest du sie über eure Verwandtschaft informiert?«

»Nein, Enno. Ich wollte den passenden Zeitpunkt abwarten. Und jetzt ist es zu spät.«

Ob der Artist die Wahrheit sagte? Anhand eines DNA-Tests würde sich leicht herausfinden lassen, ob die beiden wirklich Blutsverwandte waren oder nicht. Der Oberkommissar kam auf einen anderen Punkt zu sprechen: »Mir ist nicht klar, warum es deinem Bruder nicht recht sein sollte, wenn es ein weiteres Geschwisterkind gibt.«

»Ganz einfach«, erklärte Timo, »Ben und ich sind Millionenerben. Und es macht schon einen Unterschied, ob das Vermögen durch zwei oder durch drei geteilt wird.«

*

Millionenerben? Mona war nicht so leicht aus der Fassung zu bringen. In ihrem Beruf musste sie sich höchst unterschiedliche Geschichten anhören – von völlig plausibel bis total unglaubwürdig. Ihr Gesichtsausdruck spiegelte offenbar wider, was sie von Timos Behauptung hielt. Er setzte ein trauriges Lächeln auf und sagte: »Ihr glaubt mir nicht, das bin ich gewohnt. Aber ihr könnt nachprüfen, dass ich die Wahrheit sage. Unser Vater Walter Lorenz ist im vorigen Jahr gestorben. Ihm gehörte *Lorenz Filter*, der Weltmarktführer für Industriesiebe. Ben führt den Betrieb jetzt weiter, aber mir gehört die Hälfte des Unternehmens.«

»Also kannst du es dir leisten, am Strand zu jonglieren, anstatt Geld zu verdienen«, stellte Enno fest.

Timo schien diesen Satz nicht als Vorwurf zu verstehen. Er sagte: »Das Schicksal hat es gut mit mir gemeint, darüber bin ich mir im Klaren. Ein so großes Vermögen zu erben ist wie ein Geschenk, aber an meiner Lebenseinstellung hat sich dadurch nichts geändert. Ich habe schon eine gewisse Summe für ein Kinderheim gespendet, um der Allgemeinheit etwas zurückzugeben. So, wie ich lebe, benötige ich nicht viel Geld. Die Zinsen sind mehr als ausreichend, um meine Existenz zu sichern. Ich weiß nicht, was die Zukunft bringt – niemand tut das. Momentan gefällt es mir, die Menschen mit meinen Auftritten zu erfreuen.«

War diese Haltung naiv oder anerkennenswert? Mona wusste es nicht. Und eigentlich spielte die Antwort für die Lösung des kriminalistischen Rätsels keine Rolle. Für die Kommissare zählte nur, ob Timo etwas mit den beiden Morden zu tun hatte oder nicht.

»Hat Katja mit dir über ihren Ex-Freund gesprochen?«, fragte die Kommissarin.

»Nur ein einziges Mal«, erwiderte der Artist. »Sie sagte, dass ich ein ganz anderer Mensch als Pascal sei. Ich war neugierig und erkundigte mich, wer dieser Mann wäre. Daraufhin meinte Katja, sie sei nach Borkum gekommen, um ihn zu vergessen. Ich spürte, dass ihr das Thema unangenehm war, und lenkte sie ab.«

»Auf welche Art?«, wollte Enno wissen.

Timo holte eine Münze aus der Hosentasche und führte den Ermittlern den Zaubertrick vor, bei dem der Magier scheinbar ein Geldstück durch seinen Handrücken zieht. Als er dies tat, schien sich seine eigene Stimmung zu bessern. Es erschien der Ermittlerin glaubhaft, dass es für Timo erfüllend war, ein Publikum zu unterhalten. Und dank des geerbten Reichtums musste er damit noch nicht einmal seinen Lebensunterhalt bestreiten. Doch sie hatte nicht vor, sich von der Morduntersuchung ablenken zu lassen. Mona wandte sich an Timo: »Kommen wir auf deinen Bruder Benjamin zurück. Hast du ihm verraten, wo du dich momentan aufhältst?«

»Nein. Er weiß, dass ich viel reise und ständig den Wohnort wechsle. Unser Verhältnis zueinander ist eher kühl. In Bens Augen bin ich eine Schande für die Familie, er versucht mich totzuschweigen. Mein Bruder wollte übrigens auch das Testament unseres Vaters anfechten, indem er mich für unzurechnungsfähig erklären lassen wollte. Doch der begutachtende Psychiater bescheinigte mir, dass ich völlig normal sei. Anscheinend ist es nicht krankhaft, die Freiheit zu lieben und den Menschen Freude bringen zu wollen.«

Je mehr die Kommissarin über Timos Bruder erfuhr, desto interessanter wurde er für sie als Tatverdächtiger. Sie hakte nach: »Du und

Ben versteht einander nicht gut, das habe ich jetzt begriffen. Trotzdem muss er dich erreichen können, falls beispielsweise ein Notfall eintritt.«

»Das kann er ja auch«, beteuerte der Jongleur. »Ben hat ja meine Mobilnummer. Bedauerlicherweise ist mein Handy verschwunden. Ich werde mir wohl ein neues Telefon kaufen und ihm die Nummer zukommen lassen müssen.«

»Vielleicht auch nicht. Ist es dieses Gerät?«

Während Mona fragte, holte sie das Handy hervor, das sie an der Hindenburgstraße gefunden hatte.

»Ja, das ist es!«, antwortete Timo lächelnd.

Er wollte danach greifen, aber die Kommissarin behielt das Mobilgerät in der Hand: »Nicht so eilig. – Wenn du nichts zu verbergen hast, dann gibst du mir jetzt die PIN und gestattest uns einen Blick in die Textnachrichten und die Anrufliste.«

»Ich verstehe, dass ich euch verdächtig erscheinen muss«, gab der Artist mit ernster Miene zurück, »und wenn ich meine Unschuld so beweisen kann, dann will ich das gern tun.«

Er verriet den PIN-Code, woraufhin Mona das Handy aktivierte. Sie hielt es so, dass Enno ebenfalls das Display betrachten konnte, nachdem er seine Brille aufgesetzt hatte. Timo verfügte nur über wenige Einträge in seiner Kontaktliste. Neben seinem Bruder tauchten dort Nummern von Personen auf, die als »Tante Clara« oder »Onkel Hugo« abgespeichert waren. Und dann gab es noch einen gewissen Herrn Hammersen. Mona erkundigte sich nach ihm.

»Das ist mein persönlicher Vermögensberater«, sagte Timo. Er nannte den Namen einer renommierten Privatbank und fügte hinzu: »Dort arbeitet Herr Hammersen. Er schickt mir jeden Monat eine aktuelle Aufstellung meiner Zinserträge.«

Die Kommissarin überprüfte die Textnachrichten und fand tatsächlich mehrere, die von dieser Privatbank gesendet worden waren. Sie öffnete den Anhang einer dieser Nachrichten. Der Betrag hätte Mona vor Neid grün im Gesicht werden lassen, wenn Geld ihr besonders wichtig gewesen wäre. Doch bisher war sie mit ihrem Gehalt immer ausgekommen. Wer reich werden wollte, war im Polizeidienst ohnehin fehl am Platz. Das war ihr von Anfang an klar gewesen. Timo schien also die Wahrheit gesagt zu haben, was seine Vermögensverhältnisse anging. Natürlich würden die Kommissare die Angaben später trotzdem überprüfen. Doch Mona fiel noch etwas anderes auf.

Timos Handy war ein altes Gerät, mit dem man hauptsächlich telefonieren und Textnachrichten verschicken konnte. Umso auffälliger war für sie eine Funktion, die sich *Automatic Clean* nannte. Sie zeigte dem Artisten das Programm und fragte: »Hast du dies auf deinem Handy installiert?«

»Ich erinnere mich nicht, ich hab das Telefon schon so lange. Ist das nicht ein Reinigungsprogramm?«

Die Ermittlerin schüttelte den Kopf: »Nein, das ist nur Tarnung. In Wirklichkeit verbirgt sich dahinter eine Tracking-Funktion. Wer immer es installiert hat, weiß genau, dass du dich auf Borkum befindest.«

Diese Nachricht schien Timo zu schockieren: »Das muss Ben gewesen sein, eine andere Erklärung gibt es nicht.«

»Das werden wir herausfinden«, versicherte Mona, »aber ich möchte jetzt auf unser Gespräch am Strand zurückkommen. Du hast mich nach den Verjährungsfristen für ein Tötungsdelikt gefragt. Und ich bitte dich eindringlich, jetzt vor uns die Karten auf den Tisch zu legen. Jede Kleinigkeit kann dazu beitragen, die Morde an Merle und Katja aufzuklären.«

»Ich glaube nicht, dass da ein Zusammenhang besteht«, murmelte der Artist, wobei er dem Blick der Kommissarin auswich. Er schien es zu bereuen, dass er sie überhaupt darauf angesprochen hatte.

»Das können wir vermutlich besser beurteilen«, meinte der Oberkommissar, wobei er genauso freundlich wie zuvor blieb.

Timo schaute erst Mona, dann Enno an. Neben ihm stand ein leerer Teller mit einigen Brotkrümeln darauf, außerdem ein leerer Teebecher. Offenbar hatte Grietje den jungen Mann gut mit Essen und Trinken versorgt, während die Ermittler an der Deichstraße gewesen waren. Der Artist öffnete wieder den Mund: »Was müsst ihr nur von mir denken … erst verdächtige ich meinen eigenen Bruder, hinter dem Mord an meiner Schwester zu stecken … und jetzt auch noch meinen Vater …«

Der ist doch angeblich tot?, dachte die Kommissarin. Sie sagte: »Das musst du uns genauer erläutern.«

Timo antwortete nicht sofort. Er sah sich in dem Verhörraum um, dessen Einrichtung nur aus einem Tisch und drei Stühlen bestand. Zögernd begann er zu sprechen: »Nachdem Papa verstorben war, kümmerten Ben und ich uns um den Nachlass. Mein Bruder interessierte sich hauptsächlich für die Geschäftsunterlagen, was aus seiner

Sicht verständlich ist. Schließlich führt er das Unternehmen ja weiter. Ich hingegen schaute die privaten Dokumente durch, also Briefe, Fotos und so weiter. Da entdeckte ich ein Tagebuch. Als ich es aufschlug, erkannte ich sofort die Schrift meines Vaters. Die ersten Einträge stammten aus der Zeit, als er so alt war, wie ich es jetzt bin. Das fand ich natürlich spannend – was hat Papa als junger Mann gedacht und gefühlt? Einige Seiten waren recht langweilig, es ging um berufliche Aufstiegsmöglichkeiten und Ähnliches. Aber dann wurde es dramatisch, das konnte man an der Änderung im Schriftbild erkennen.«

»Wie meinst du das?«, hakte die Kommissarin nach.

Timo erwiderte: »Die Worte wurden undeutlicher – so, als ob Papa plötzlich die Zeilen unter großem Druck zu Papier gebracht hätte. Außerdem war die Tinte teilweise verschmiert. Er schien geweint zu haben, während er sich dem Tagebuch anvertraute. Und das war völlig untypisch für ihn. Mein Vater war ein Mann, der seine Emotionen stets im Griff hatte. Jedenfalls nahm ich das immer an.«

»Was stand auf diesen Seiten?«, fragte Enno direkt.

»Papa war damals Student und mit einigen Freunden in der Frankfurter Altstadt gewesen«, lautete die Antwort, »dort wurde er von einem Besoffenen provoziert. Der Wirt beförderte den Kerl allerdings an die frische Luft. Aber dieser Mann schien nicht gewusst zu haben, wann es genug ist. Später, als mein Vater allein heimgehen wollte, tauchte der Trunkenbold erneut auf. Und er hatte ein Messer in der Hand. Die beiden kämpften miteinander, wobei Papa seinem Widersacher das Messer entwand und ihn niederstach. Dann warf er den Toten in den Main und lief davon.«

Für einen Moment war es still. Mona hatte sich die Situation vorgestellt. Es wirkte seltsam unwirklich, von einem so lange zurückliegenden Verbrechen zu hören. Sie erklärte: »Wenn die Angaben im Tagebuch zutreffen, scheint es eher eine Notwehrsituation gewesen zu sein. Der entscheidende Punkt ist, dass dein Vater den Mann in den Fluss geworfen hat. Ob der Betrunkene noch lebte? Das kann ich natürlich nicht beurteilen. Auf jeden Fall dürfte er verletzt gewesen sein, nachdem er einen Messerstich abbekommen hatte. Außerdem muss man den hohen Alkoholpegel des Mannes berücksichtigen. Er wird vermutlich ertrunken sein, falls nicht schon der Messerstich sein Leben beendet hat.«

Und Enno ergänzte: »Dein Vater hätte die Polizei und den Rettungsdienst verständigen müssen. Dass er sich bei dem Angriff gewehrt hat, war in Ordnung. Aber den Gegner in den Fluss zu werfen, könnte als Notwehrexzess nach Paragraf 33 StGB gewertet werden. Das ist natürlich nur eine Vermutung von mir, ich kenne den Fall ja nicht.«

»Deshalb wolltest du also wissen, ob Mord verjährt, Timo.«

»Richtig, Mona. Fest steht, dass Papa sich niemals zu seiner Handlung bekannt hat. Nach diesem Ereignis wechselte er den Studienort, machte sein Diplom dann später in Wuppertal. Bei der Polizei hat er sich nie gestellt, zumindest steht darüber nichts in dem Tagebuch.«

»Wer weiß noch von diesen Aufzeichnungen? Ist es möglich, dass dein Bruder davon Kenntnis hat?«

Timo reagierte auf Monas Fragen mit einem Schulterzucken: »Ich habe mit Ben niemals darüber geredet, das kann ich euch versichern. Papa lebt nicht mehr, er muss also für diese Tat nicht die Verantwortung übernehmen. – Mir ging es nur um meinen Seelenfrieden, als ich dich darauf angesprochen habe.«

»Schon möglich – du sagtest aber auch, dass dir noch Informationen fehlen würden, bevor du dich mir gänzlich anvertrauen wolltest«, erinnerte die Kommissarin. »Was ist damit gemeint?«

»Ich habe einen Privatdetektiv beauftragt«, antwortete der Artist. »Er soll herausfinden, ob es zu der Zeit in Frankfurt wirklich einen Toten gegeben hat, der im Main gelandet ist. Papa hat als junger Mann nämlich eine Zeitlang viel Alkohol getrunken. Man kann nicht ausschließen, dass er sich dieses Ereignis nur eingebildet hat. Das ist zumindest meine Hoffnung. Der Gedanke, dass Papa jemanden getötet haben könnte, erschreckt mich.«

Dafür hatte Mona Verständnis. Allerdings vertraute sie Privatdetektiven überhaupt nicht. Sie hielt es nicht für ausgeschlossen, dass dieser Schnüffler den Auftrag für einen richtigen Reibach nutzen wollte. Ennos Überlegungen schienen in dieselbe Richtung zu gehen. Der Ostfriese sagte: »Es stimmt, dein Vater kann wegen dieser Tat nicht mehr belangt werden. Aber für euer Familienunternehmen wäre es übel, wenn die Geschichte ans Licht der Öffentlichkeit käme, oder? Die Medien sind geradezu süchtig nach Skandalen. Der verstorbene Firmengründer als Mörder – das ist eine Schlagzeile, die sich kaum ein Schmierblatt oder ein Krawall-Sender entgehen lassen würde.«

Mona erkannte plötzlich einen möglichen Zusammenhang zwischen der Tat von Timos Vater und den beiden Morden auf Borkum. Doch dies wollte sie nicht in Gegenwart des Jongleurs besprechen. Sie sagte: »Wir werden jetzt überprüfen, ob du wirklich bei Gudrun Welling gewesen bist. Wenn dein Alibi korrekt ist, kannst du danach gehen. Es wäre gut, wenn du bis auf Weiteres bei der Dame bleiben könntest. Wir müssen wissen, wo du zu erreichen bist. – Dein Telefon muss noch kriminaltechnisch untersucht werden, darum kann ich es dir noch nicht zurückgeben.«

»Das verstehe ich«, murmelte der Artist. Das Gespräch schien ihn ermüdet zu haben, was die Kommissarin nachvollziehen konnte. Das Thema war ja auch starker Tobak gewesen.

Kapitel 8

Die Ermittler stiegen in ihren Wagen und fuhren wieder Richtung Ostland. Grietje hatte immer noch Dienst und erklärte sich nur allzu gern bereit, Timo zu beaufsichtigen.

»Ich frage mich, warum Gudrun Welling geleugnet hat, unseren Jonglierkünstler zu kennen«, dachte Enno laut nach. Er saß am Steuer, Mona hatte es sich auf dem Beifahrersitz bequem gemacht.

»Darüber kann nur ein Mann rätseln«, behauptete sie und fuhr fort: »Ist das nicht offensichtlich? Gudrun könnte vom Alter her Timos Mutter sein. Es ist ihr wahrscheinlich einfach unangenehm, dass sie einen jungen Liebhaber bei sich aufgenommen hat. Das ist diese typische Doppelmoral: Wenn ein reifer Mann eine Geliebte hat, die seine Tochter sein könnte, gilt er allgemein als toller Hecht. Aber im umgekehrten Fall zerreißen sich die Leute ihre Mäuler über eine ältere Frau, die einen jugendlichen Freund hat. – Dafür sind wir doch das beste Beispiel!«

»Wir?«, wiederholte der Ostfriese verwundert. »Ich wusste gar nicht, dass wir eine Affäre miteinander haben.«

»Nee, das ist ja auch nicht so«, bekräftigte die Kommissarin, »aber sind dir noch nie die bewundernden Blicke der Männer aufgefallen, wenn wir zusammen durch den Ort gehen? Nur die Einheimischen wissen, dass wir Zivilfahnder der Polizei sind. Viele Touristen und Kurgäste glauben garantiert, dass ich dein Betthäschen bin.«

»Ich weiß nicht, was ich von dieser Vermutung halten soll«, gab Enno lächelnd zurück.

Sie lachte, wurde aber gleich darauf wieder ernst: »Als Timo von diesem vermuteten Notwehrexzess seines Vaters sprach, fiel mir ein möglicher Zusammenhang mit unserem Doppelmord ein.«

»Ich kann dir nicht ganz folgen«, gestand der Oberkommissar.

Sie erklärte: »Angenommen, auch Ben Lorenz hätte von dem Tagebuch gewusst. Wo befindet es sich überhaupt? Diese Frage müssen wir Timo noch stellen. Ich meine aber etwas anderes: Ben hat eine Tracking-Software auf dem Handy seines Bruders installiert, damit er stets weiß, was das schwarze Schaf der Familie so treibt. Natürlich reist Ben als Geschäftsführer seinem Akrobatenbruder nicht persönlich nach, sondern beauftragt einen Handlanger. Besagter Helfer behält Timo im Auge und findet heraus, dass der junge Mann bei den beiden Freundinnen nächtigt. Ben fürchtet den Skandal, falls die

Sache mit dem Notwehrexzess herauskäme. Er muss damit rechnen, dass Timo gegenüber Merle und Katja den Mund nicht halten kann. Also sollen die Frauen sterben. Der Handlanger nimmt sich eine nach der anderen vor, und …«

Enno hob die rechte Hand, um den Redefluss seiner Kollegin zu unterbrechen: »Das wäre durchaus möglich, obwohl ich gleich zwei Morde aufgrund einer nur vermuteten Mitwisserschaft ziemlich heftig finde. Aber Menschen müssen leider auch aus nichtigen Anlässen sterben, das wissen wir ja. Aber wäre es nicht naheliegender, Timo zu töten? Er ist ja derjenige, der über die dunkle Vergangenheit des Vaters Bescheid weiß.«

»Das stimmt«, musste Mona zugeben, »aber wir sollten auf jeden Fall herausfinden, ob Ben Lorenz einen ›Mann fürs Grobe‹ auf die Insel entsandt hat. Übrigens ist Brudermord noch eine andere Hausnummer, als zwei Frauen erwürgen zu lassen, mit denen Ben gar nichts zu schaffen hatte. Vielleicht hat er sogar gehofft, dass Timo die beiden Tötungsdelikte als Warnung versteht und darum die Klappe hält.«

»Das ist aber sehr weit hergeholt«, meinte Enno, »genau wie deine Vorstellung, dass die Urlauber mich für deinen *Sugardaddy* halten.«

»Darüber ist das letzte Wort noch nicht gesprochen«, erwiderte Mona augenzwinkernd.

Die beiden mussten ihr Zwiegespräch zunächst unterbrechen, denn nun hatten sie das einsame Ferienhaus im Ostland erreicht. Diesmal war Gudrun Welling daheim. Sie öffnete nach dem Klingeln die Tür und schnarrte: »Wollen Sie mich vergraulen? Vielleicht sollte ich Borkum verlassen und auf einer anderen Insel Urlaub machen, wo die Polizei sich nicht als Störenfried betätigt.«

»Es geht uns um die Überprüfung eines Alibis, wir ermitteln in einem Mordfall«, sagte die Kriminalistin in bestem Amtsdeutsch. Sie zeigte erneut ein Foto von dem Artisten und fuhr fort: »Dieser Herr – sein Name lautet Timo Lorenz, wie Sie vielleicht schon wissen – sagt aus, die vergangene Nacht bei Ihnen verbracht zu haben. Können Sie diese Aussage bestätigen? Ich muss Sie darüber belehren, dass falsche Angaben strafrechtliche Konsequenzen nach sich ziehen können.«

Gudrun Welling war fast einen Kopf größer als Mona, doch dadurch sah die Polizistin ihre Autorität nicht eingeschränkt. Außerdem hatte sie so laut und eindringlich gesprochen, dass sie die

Wirkung ihrer Worte vom Gesicht der Zeugin ablesen konnte. Gudrun Welling errötete und wich dem bohrenden Blick der Ermittlerin aus. Die Urlauberin verschränkte die Arme vor der Brust – eine unbewusste Abwehrreaktion – und murmelte: »Also gut, ich kenne Timo. Und ja, er hat die vergangene Nacht in meinen Armen verbracht. – Bin ich jetzt verhaftet?«

»Timo ist volljährig, und es gibt keinen Hinweis auf Missbrauch«, stellte Enno ruhig fest. Er fügte hinzu: »Übrigens hätten wir nicht schon wieder hier erscheinen müssen, wenn Sie gleich ehrlich zu uns gewesen wären.«

»Ich fand einfach, dass die Polizei sich nicht für mein Privatleben zu interessieren hat«, verteidigte Gudrun Welling sich, »und falls dieser Mord sich während der vorigen Nacht abgespielt hat, dann kann Timo nicht der Täter sein. Ich hätte bemerkt, wenn er fortgegangen wäre.«

»Das wäre für den Moment alles«, sagte Mona, »Sie müssten nur noch zur Wache kommen und Ihre Aussage schriftlich machen. Das hat aber Zeit bis morgen. – Und es wäre gut, wenn Timo in den nächsten Tagen bei Ihnen wohnen könnte.«

»Ja, ich habe genug Platz«, beteuerte Gudrun Welling, »und Timo ist ein wunderbarer Mann.«

»Wir schicken ihn gleich zu Ihnen.«

Mit diesen Worten beendete die Kommissarin den kurzen Besuch. Als die beiden wieder im Auto saßen, meinte sie: »Oltbeck wird nicht begeistert sein, dass ihm sein Hauptverdächtiger nun von der Fahne geht. Aber der Fall entwickelt sich in eine interessante Richtung. Timo muss uns verraten, wann genau dieser nächtliche Kampf seines Vaters stattgefunden hat. Vielleicht ist die Leiche niemals gefunden worden? Und falls doch, dann stehen die dortigen Kollegen immer noch vor einem Rätsel.«

»Was den Mord an Merle und Katja betrifft, so ist Katjas Ex-Freund mein Favorit«, verkündete Enno, »und darum werde ich versuchen, seinen Namen von ihren Eltern zu erfahren.«

»Sehr gut – und ich kümmere mich um die Tat von Timos Vater«, gab Mona zurück.

Nachdem sie wieder die Polizeistation erreicht hatten, fragte sie den Artisten nach dem genauen Datum des Tagebucheintrags. Danach durfte Timo endlich gehen. Grietjes Gesicht wurde lang, als sie mitbekam, dass der Artist sich nun zu einer anderen Frau aufmachte.

»Die tollsten Typen sind immer schon vergeben«, maulte die Polizeimeisterin.

Mona klopfte ihr auf die Schulter: »Nimm es nicht so schwer – wer dich einmal erlebt hat, wird dich nie wieder vergessen.«

»Ich weiß nicht, ob das wirklich ein Kompliment war«, erwiderte Grietje misstrauisch.

Die Kommissarin lachte und ging in ihr Dienstzimmer, wo Enno bereits telefonierte. Auch sie schnappte sich den Hörer und nahm mit dem Polizeipräsidium Frankfurt Kontakt auf. Nachdem sie ihr Anliegen geschildert hatte, wurde die Ermittlerin mit Kommissar Reineke verbunden, der sich schwerpunktmäßig mit den sogenannten »Cold Cases« befasste – Mordermittlungen, deren Anfang weit in der Vergangenheit lag und die immer noch auf einen Abschluss warteten. Nachdem Mona sich vorgestellt und die ihr bekannten Fakten genannt hatte, erwiderte Reineke: »Ich weiß genau, wovon Sie sprechen, Frau Sander. Bei uns heißt dieser Fall nur der *Untermainbrückenmord*. Wir gehen nämlich davon aus, dass das Opfer von der Untermainbrücke aus ins Wasser geworfen wurde. Ein Angler hat die Leiche ein paar Kilometer flussabwärts gefunden. Der Tote war schnell identifiziert. Es handelte sich um einen stadtbekannten Quälgeist namens Dieter Scheffler. Er hatte Alkoholprobleme und suchte in den Frankfurter Altstadtkneipen ständig Streit. Daher sind wir davon ausgegangen, dass er eines Tages an den Falschen geraten ist.«

»Ich weiß natürlich nicht, ob Walter Lorenz seinerzeit wirklich mit diesem Scheffler aneinandergeraten ist«, schränkte Mona ein. »Aber falls die Angaben des Sohnes zutreffen, dann enthält das Tagebuch eine Art schriftliches Geständnis.«

»An diesem Dokument bin ich natürlich sehr interessiert«, unterstrich der Frankfurter Kollege. Die Kommissarin stellte klar: »Ich habe das Tagebuch nicht gesehen und muss mich auf die Aussage des Sohns verlassen. Aber ich werde dafür sorgen, dass er es Ihnen zukommen lässt.«

»Das wäre gut, denn diese Ermittlung war von vorn bis hinten ein Alptraum«, berichtete Reineke. »Als dieser Mord geschah, ging ich noch in die Grundschule. Aber die älteren Kollegen haben mir eine umfangreiche Akte hinterlassen. – Es gab keine Zeugen, und nach der langen Zeit im Wasser konnte man auch keine brauchbaren Spuren an der Leiche feststellen. Ganz abgesehen davon, dass wir damals noch nicht auf DNA-Abgleiche zurückgreifen konnten. Polizisten haben systematisch in der gesamten Altstadt nach Zeugen gesucht. Es gab jede Menge Personen, die laut den Aussagen von Scheffler angepöbelt wurden. Zum Teil handelte es sich wohl um belgische Touristen, die nach einem Wochenende Frankfurt bereits wieder verlassen hatten. Sie konnten nie gefunden werden. Und auch Walter Lorenz ist nie in den Fokus unserer Ermittlungen geraten. Der Name sagte mir nämlich nichts, bevor Sie ihn erwähnten. Ich weiß nicht, wie oft ich die Akte durchgelesen habe.«

Mona hatte schon vor Jahren die Fähigkeit entwickelt, sich auf ihr Gespräch zu konzentrieren, wenn gleichzeitig ihr Kollege telefonierte. Trotzdem bemerkte sie an Ennos Reaktionen, dass er etwas Wichtiges erfahren haben musste. Sie ließ sich Kommissar Reinekes Durchwahlnummer geben und versprach, sich um das Tagebuch zu kümmern. Der Frankfurter Kollege bedankte sich überschwänglich, dann wurde das Telefonat beendet.

Bevor Mona etwas sagen konnte, sprach Enno sie an: »Katja Brunks Ex-Freund ist laut ihrer Mutter kein Unschuldslamm. Pascal Ritter – so heißt er – soll schon mal gesiebte Luft geatmet haben. Frau Brunk konnte mir allerdings nicht sagen, weswegen er im Gefängnis gesessen hat. Aber ich weiß nun, wo er und Katja einander kennengelernt haben. Sie war Krankenschwester, er ist einer ihrer Patienten gewesen.«

Die Kommissarin tippte sofort den Namen des Ex-Freundes in die Suchmaske ihres PCs.

»Ich habe ihn schon gefunden«, verkündete sie, »ein gewisser Pascal Ritter wurde vor dreiunddreißig Jahren in Wiesbaden geboren. Er ist immer noch dort gemeldet. Er hat zwei Haftstrafen abgesessen, wegen Körperverletzung und Nötigung. Das klingt nicht nach einem Lebensgefährten, mit dem eine Frau so einfach Schluss machen kann, oder? Und – das finde ich besonders interessant – er hat vor drei Jahren geheiratet. Seine Frau Annette ist eine geborene Besse. Aus der Strafakte geht nicht hervor, ob die Ehe noch besteht oder inzwischen geschieden wurde. Auch eine Trennung ist denkbar.«

»Auf jeden Fall könnte dieser Mann einen Ehering am Finger tragen«, meinte Enno.

»Das habe ich mir auch gerade gedacht«, gab Mona zurück. »Andererseits: Würde er den Ring behalten haben, als er mit Katja Brunk zusammen war?«

»Dafür kann es die unterschiedlichsten Gründe geben«, erwiderte der Oberkommissar, »beispielsweise könnte er seiner Freundin erzählt haben, dass die Ehe nur noch auf dem Papier bestehen würde – wegen der Steuer. Oder er spielte ihr den Klassiker ›Meine Frau versteht mich nicht‹ vor. Notwendig wäre das Tragen eines Rings jedenfalls nicht gewesen, um als verheirateter Mann zu gelten. Bekanntlich gibt es keine Verpflichtung, sich einen Ring an den Finger zu stecken. Wir können nur darüber spekulieren, was er im Schilde führte.«

Mona lachte und sagte: »Ja, da kennt die Fantasie der Kerle keine Grenzen. – Versuchst du bitte herauszufinden, was für einen Termin Merle Levers auf dem Festland gehabt haben könnte? Ich gehe inzwischen mal eben zur Touristeninformation rüber und frage, ob sich Pascal Ritter momentan auf Borkum befindet.«

Enno nickte und griff erneut zum Telefonhörer.

Die Kommissarin verließ die Wache und schlenderte zum Georg-Schütte-Platz hinüber. Sie genoss die kurze Unterbrechung der ungeliebten Büroarbeit, freute sich über die Sonnenstrahlen auf ihrem Gesicht und den salzigen Seewind, der mit ihrem widerspenstigen Haar spielte. Eigentlich konnte Mona sich nicht beklagen, denn ihr Beruf erlaubte ihr zahlreiche Arbeitsstunden an der frischen Luft. Trotzdem – in ihren Augen war jede Stunde am Schreibtisch eine Stunde zu viel. Bei der Touristeninformation stellte sie sich geduldig an, bis sie an der Reihe war. Der Service dort war schließlich in erster Linie für Besucher der Insel gedacht, weniger als Auskunftei für Ermittlungsbehörden. Sie erfuhr, dass ein Urlauber mit dem Namen Pascal Ritter vor fünf Tagen ein Zimmer im *Hotel Teutonia* bezogen hatte. Dieses Traditionshaus aus der Kaiserzeit stand neben einigen anderen Beherbergungsbetrieben an der Jann-Berghaus-Straße, mit unverbaubarem Blick auf den Hauptstrand und die Nordsee. Sie bedankte sich bei den Mitarbeitern der Touristeninformation und kehrte zur Dienststelle zurück. Es war gewiss am besten, wenn die Ermittler dem Verdächtigen einen Überraschungsbesuch abstatteten. Dann konnte er sich nicht vorbereiten oder gar verschwinden. Als Mona wieder das Zimmer betrat, telefonierte ihr Kollege immer noch. Offenbar sprach er mit einem Hotel auf dem Festland. Er wollte herausfinden, ob die Unternehmensberaterin dort in der Nacht vom 27. auf den 28. August übernachtet hatte. Offenbar gestaltete das Gespräch sich ziemlich mühsam. Er verdrehte die Augen, während die Person am anderen Ende der Leitung redete. Plötzlich platzte Grietje herein. Und sie nahm wie üblich kein Blatt vor den Mund: »Wie lange willst du eigentlich noch telefonieren, Enno? Ich habe gerade die Meldung bekommen, dass deine Frau überfallen wurde!«

Kapitel 9

»Ich rufe Sie später wieder an!«, stieß Enno hervor und legte schnell den Hörer auf. Schlagartig war das Blut aus seinen Wangen entwichen, er rang nach Luft. In diesem Moment machte Mona sich ernsthaft Sorgen um sein Herz. Natürlich bekam auch die junge Polizeimeisterin mit, wie sehr die Neuigkeit den normalerweise so tiefenentspannten Ostfriesen aus der Ruhe gebracht haben musste.

»Keine Angst, Birte geht es gut!«, fügte sie ihren vorherigen Worten schnell hinzu. Sie sagte: »Es gab wirklich einen Einbruch in euer Haus. Aber bevor der Täter deiner Frau auch nur ein Haar krümmen konnte, hat Rufus ihn außer Gefecht gesetzt!«

Offenbar war dem Verbrecher nicht bewusst gewesen, dass sich eine riesige Dogge vor Ort befand, als er die Tat begangen hatte. Ansonsten hätte er sich garantiert ein anderes Objekt für seinen Einbruch ausgewählt.

»Wir fahren gleich mal zu deinem Haus!«, entschied Mona. Sie wusste nicht, wie lang der Schreckmoment bei Enno dauern würde. Wenn es um Birte ging, war er höchst dünnhäutig. Mona erinnerte sich mit Grausen an den Fall mit dem selbst ernannten Wunderheiler, der Birte Moll eine falsche Krebsdiagnose gestellt hatte. Damals war der Oberkommissar wie ausgewechselt gewesen, eine Zusammenarbeit mit ihm hatte sich als äußerst schwierig erwiesen. Daher beschloss die Kriminalistin, nun lieber selbst die Zügel in die Hand zu nehmen. Der Ostfriese kam taumelnd von seinem Bürostuhl hoch – wie ein Boxer, der soeben einen schmerzhaften Schlag hatte einstecken müssen. Schweigend folgte er seiner Kollegin auf den Hof, wo sie das Auto aufschloss und sich ans Steuer setzte. Enno ließ sich ächzend auf den Beifahrersitz fallen. Mona legte ihre Hand auf seinen Unterarm und schaute ihm in die Augen: »Es kommt alles in Ordnung, hörst du? Grietje hat gesagt, dass es Birte gut geht.«

Er nickte, schien allerdings nicht völlig überzeugt zu sein. Wahrscheinlich musste er sich erst selbst vergewissern, dass seiner Frau nichts geschehen war. Mona schaltete das Blaulicht und die Sirene ein. Momentan herrschte ohnehin wenig Straßenverkehr, sodass sie die Julianenstraße im Handumdrehen erreichten. Vor dem kleinen Rotziegelhaus der Molls parkte bereits ein Streifenwagen. Die Kommissarin bremste das Auto, stieg aus und rannte gemeinsam mit Enno durch die offen stehende Eingangstür hinein. Im Wohnzimmer lag ein Fremder bäuchlings auf dem Boden. Polizeimeisterin Aiske Berend kniete neben ihm. Sie hatte seine Gelenke mit Handschellen gefesselt. Der Schrecken stand ihm ins Gesicht geschrieben, er war totenblass. Ihr Kollege Claas Lammer stand ein Stück weit entfernt. Er hatte einen Personalausweis in der Hand und war offenbar dabei, die Daten per POLAS-Abfrage zu überprüfen. Birte Moll saß in einem Sessel. Sie hielt Rufus am Halsband fest. Der Rüde knurrte leise, wobei er den Mann auf dem Boden nicht aus den Augen ließ. Wenn Ennos Frau den Hund losgelassen hätte, wäre es für diesen Kerl nicht gut ausgegangen, daran zweifelte Mona nicht. Sie war einfach nur erleichtert, dass Birte offenbar nichts geschehen war. Und sie empfand auch Stolz – immerhin war ihre Dogge es gewesen, die den Verbrecher schachmatt gesetzt hatte. Enno hatte nur Augen für seine Frau. Er beugte sich zu ihr hinab und gab ihr einen Kuss.

»Fehlt dir auch wirklich nichts?«, fragte er besorgt.

Sie schüttelte den Kopf und lächelte tapfer: »Nein, ich hatte ja einen vierbeinigen Beschützer im Haus.«

»Was genau ist denn geschehen?«, wollte Mona wissen, wobei sie dem Verhafteten einen zornigen Blick zuwarf.

Birte Moll zeigte auf den Unbekannten und antwortete: »Dieser Mensch klingelte an der Tür. Er behauptete, für die Stadt Borkum zu arbeiten und unsere Regenrinnen überprüfen zu wollen. Er hatte einen nachgemachten Dienstausweis am Revers. Das kam mir gleich komisch vor, er wirkte auch nicht so überzeugend. Ich wollte ihm die Tür vor der Nase zuschlagen, aber er drückte sie auf. Ich lief ins Wohnzimmer zurück und rief um Hilfe. Der Eindringling folgte mir. Aber im nächsten Moment kam Rufus angerannt. Der Hund brachte den Mann zu Boden. Ich alarmierte mit dem Handy die Polizei. Und dann musste ich nur noch darauf achten, dass der Kerl nicht gebissen wurde.«

Und Claas Lammer sagte: »Der Name des Verdächtigen lautet Bernd Fromm. Er ist bereits mehrfach vorbestraft, wegen Einbruchs und schweren Einbruchs.«

Der Polizist gab der Kommissarin den Personalausweis und den falschen Dienstausweis, der auf den Namen Okko Jepsen ausgestellt war.

»Ihr Pseudonym hört sich zwar sehr friesisch an, Herr Fromm«, meinte sie grinsend, »aber bei der Gestaltung des Dokuments ist noch Luft nach oben. Sie haben ja noch nicht einmal das Borkumer

Wappen nachgebildet. Und die Adresse des Rathauses ist auch falsch. War Ihnen nach Ihrem Norderney-Aufenthalt nach einem Inselwechsel zumute?«

»Ich weiß nicht, wovon Sie sprechen«, stieß Fromm hervor, »ich will einen Anwalt!«

»Sie können gleich mit einem Strafverteidiger telefonieren«, erwiderte Mona, »und bis er auf der Insel eintrifft, lernen Sie unsere Arrestzelle kennen. Ich verhafte Sie wegen des Verdachts auf Hausfriedensbruch sowie diverse Eigentumsdelikte.«

Bei den Molls hatte Fromm ja gar nichts stehlen können, denn dieses Vorhaben war durch Rufus vereitelt worden. Die Ermittlerin glaubte, den auf der Nachbarinsel sein Unwesen treibenden Täter festgenommen zu haben. Auch auf Norderney hatte sich der Verbrecher unter verschiedenen Vorwänden Zutritt zu den Häusern verschafft. Claas Lammer hatte den Verdächtigen bereits durchsucht, also konnten er und Aiske den Kriminellen zur Dienststelle schaffen. Enno musterte seine Frau besorgt: »Sollen wir nicht lieber einen Arzt rufen?«

Birte strich ihm mit der Hand über seine graue Stoppelfrisur und sagte: »Danke, das ist nicht nötig. Du siehst ja selbst, dass ich unverletzt bin. Ich war eben ganz schön aufgeregt, aber jetzt fühle ich mich schon wieder völlig in Ordnung. Ich werde gleich eine Kanne Tee aufsetzen, dann ist alles wieder gut.«

Mona wusste, dass Birte auf Borkum geboren wurde – genau wie ihr Ehemann. Die Inselfriesen waren ein spezieller Menschenschlag. Entbehrungen und Gefahren hatten sie über Jahrhunderte geprägt. Als Borkum hauptsächlich vom Walfang lebte, hatten die Frauen sich größtenteils um die Insel kümmern müssen, weil ihre Ehemänner, Väter und Brüder im Polarmeer auf Fangfahrt waren. Und viele von ihnen kehrten niemals zurück, denn diese Arbeit war hochriskant. Diese Erfahrungen steckten den Borkumer Frauen offenbar in den Genen. Daher wunderte die Kommissarin sich nicht darüber, dass Birte so schnell wieder zur Tagesordnung übergehen konnte.

»Du rufst aber an, wenn es dir schlechter gehen sollte«, bat Enno seine Gattin.

Mona widmete sich erst einmal ihrer Dogge, knuddelte sie ausgiebig. »Du bist der Beste, aber das weißt du ja sowieso!«, flüsterte sie ihm ins Ohr. Der Rüde schaute sie aus seinen dunklen Augen an. Wieder einmal hätte sie darauf schwören können, dass er jedes ihrer

Worte verstand. Mona freute sich schon darauf, am nächsten Morgen wieder ihre »Hunderunde« mit ihm zu drehen.

Dem Oberkommissar war anzusehen, dass er sich nur widerwillig von seiner Frau verabschiedete. Seine Kollegin klopfte ihm auf die Schulter, als die beiden das Haus verließen: »Es dauert ja nicht mehr lange bis zum Feierabend, dann siehst du Birte ja schon wieder. – Wir knöpfen uns jetzt Pascal Ritter vor!«

»Wer war das nochmal?«, murmelte Enno zerstreut. Dann beantwortete er seine Frage selbst: »Ach ja, der Ex-Freund von Katja Brunk.«

Mona fuhr Richtung *Hotel Teutonia*. Direkt an der Jann-Berghaus-Straße fand sie keinen Parkplatz. Sie stellte den Dienstwagen in der Straße An der Kaapdelle ab. Die Kommissare begaben sich zu dem Hotel. Mona blieb am steinernen Geländer unweit der Skulptur »Walfischinsel« stehen, um ihrem Kollegen einen Moment zum Atemholen zu geben. Auf sie selbst übte der Anblick von Brandung und Horizont stets eine beruhigende Wirkung aus. Sie war sicher, dass es Enno genauso ging.

»Wie geht es dir?«, fragte Mona, wobei sie Enno von der Seite musterte. Sein Teint wirkte wieder normal – aber das sagte nichts über seine Sorgen und Befürchtungen aus.

»Danke der Nachfrage – wir sind ja alle noch einmal mit dem Schrecken davongekommen«, erwiderte er. Die Kommissarin wusste, was er meinte. Auch Enno konnte es nicht entgangen sein, dass bei der Durchsuchung von Fromms Taschen ein Messer sichergestellt worden war. Allerdings hatte der Verbrecher es gar nicht erst herausholen können, da er es so schnell mit Rufus zu tun bekam. Nachdenklich fügte der Ostfriese hinzu: »Es ist schon seltsam. Wir befassen uns tagtäglich mit Straftaten, und plötzlich wäre Birte beinahe zum Opfer geworden. Sie ist nicht leichtsinnig – wenn es an der Tür klingelt, dann öffnet sie natürlich. Es fühlt sich jedenfalls schlecht an, wenn es die eigene Familie trifft.«

»Fromm wird es noch bitter bereuen, in das Haus eines Oberkommissars eingedrungen zu sein«, prophezeite Mona. Sie fuhr fort: »Hast du auch bemerkt, dass Fromm einen Ehering trägt?«

Der Ostfriese erwiderte: »Nee, das ist mir in der Aufregung entgangen. – Meinst du, er könnte die beiden Frauen auf dem Gewissen haben?«

»Das wird sich zeigen – spätestens, wenn wir einen DNA-Abgleich mit den Haaren und Hautschuppen auf dem Kapuzenpullover machen können.«

Während Mona und Enno miteinander sprachen, standen sie Seite an Seite am Geländer und blickten Richtung Meer. Aus Richtung Bismarckstraße kamen zwei ältere Damen näher. Als die beiden in Hörweite waren, sagte die eine zu ihrer Freundin: »Ist das nicht eine Schande? So ein alter Kerl, und dann auch noch verheiratet – das junge Ding sollte sich schämen!«

Natürlich war Ennos Ehering nicht zu übersehen, denn seine große Hand ruhte auf dem steinernen Geländer. Mona platzte der Kragen. Sie drehte sich abrupt auf dem Absatz um und fauchte: »Moin, ich bin Kommissarin Sander von der Polizei Borkum. Das ist Oberkommissar Moll. Wir führen eine allgemeine Personenkontrolle durch. Ich möchte gern Ihre Personaldokumente sehen!«

Während sie diese Sätze hervorstieß, zog sie ihren Dienstausweis hervor und hielt ihn der »Tratschtante« vor die Nase. Die zwei Damen schienen sich plötzlich nicht mehr besonders wohl in ihrer Haut zu fühlen. Sie gehörten einer Generation an, die noch Respekt vor der Ordnungsmacht hatte. Mit sichtlichem Unbehagen öffneten sie ihre Handtaschen und fingerten ihre Ausweise hervor. Mona ließ sich Zeit mit der Überprüfung. Sie starrte die beiden Frauen an, als ob sie diese hypnotisieren wollte. Dann gab sie ihnen die Dokumente zurück und sagte: »Der erste Eindruck muss nicht zwangsläufig zutreffend sein. – Wir wünschen Ihnen noch einen schönen Aufenthalt auf unserer Insel!«

Es hatte den Lästerschwestern offenbar die Sprache verschlagen. Sie machten sich so schnell wie möglich aus dem Staub. Enno schaute ihnen lachend nach und sagte: »Wahrscheinlich hattest du recht, was die Vorurteile gegenüber großen Altersunterschieden angeht.«

»Ich weiß nicht, wovon du sprichst«, gab sie betont unschuldig zurück, »ich habe nur eine Kontrolle durchgeführt, um das Sicherheitsgefühl unserer Urlaubsgäste zu erhöhen.«

»Ja, natürlich«, erwiderte er grinsend und legte seinen Arm um ihre Schultern, »und nun hinein mit dir!«

Enno schob Mona vor sich durch den Haupteingang des altehrwürdigen Hotels, dessen Halle immer noch die Atmosphäre der Kaiserzeit ausstrahlte. Nur die modernen Computer hinter dem

Rezeptionstresen zeugten davon, dass die Moderne hier Einzug gehalten hatte. Die Kommissare waren im *Hotel Teutonia* persönlich bekannt. Sie wandten sich an eine Rezeptionistin, die laut ihrem Namensschild an der Uniform Silke hieß.

»Moin, was kann ich für Sie tun? Ich hoffe nicht, dass sich hier ein Verbrechen ereignet hat.«

Die Angestellte sprach mit gedämpfter Stimme. Sie war offensichtlich nicht erpicht darauf, dass die Hotelgäste von der Anwesenheit zweier Zivilfahnder Wind bekamen.

»Wir möchten mit einem Herrn sprechen, der bei Ihnen eingecheckt hat«, sagte Mona, »sein Name lautet Pascal Ritter.«

»Ah, Herr Ritter«, wiederholte Silke, wobei sich ihr Mund zu einem breiten Lächeln verzog, »ja, der ist anwesend.«

»Was finden Sie so amüsant?«, wollte Enno wissen.

»Die Frage können Sie sich selbst beantworten, wenn Sie ihn sehen. Er hält sich momentan in unserer Badelandschaft auf, nachdem er ein wenig zu lang am Strand ausgeharrt hat.«

»Lassen Sie mich raten: Ritter hat sich einen Sonnenbrand eingefangen«, vermutete die Kommissarin.

»Er hat die Farbe eines Hummers angenommen«, bestätigte die Rezeptionistin. Mona nickte. Es kam immer wieder vor, dass Urlauber die ernsthaften Ratschläge von Einheimischen und Hotelpersonal in den Wind schlugen und die Sonneneinstrahlung grob unterschätzten. Die Nordsee war nicht das Mittelmeer – aber im Borkumer Hochseeklima musste man ganz besonders auf seine Haut aufpassen.

»Dann dürfte es ja nicht schwerfallen, ihn zu finden«, sagte Mona und nickte Silke zu. Sie ließ unerwähnt, dass Ritter vorbestraft war und sie deshalb seine erkennungsdienstlichen Fotos ohnehin kannte. Es war nicht nötig, die Rezeptionistin zu beunruhigen. Da die Kommissare sich in dem Hotel auskannten, mussten sie nicht nach dem Weg zur Badelandschaft fragen. Diese befand sich im Untergeschoss. Dort gab es zwei Schwimmbecken, die mit zahlreichen Wasserspeiern in Fischform sowie einer Neptun-Skulptur aus Marmor verziert waren. In einem Ruhebereich befanden sich einige Strandliegen. Auf einer davon hatte sich ein Mann mit Sonnenbrand ausgestreckt. Er war nur mit einer Badehose bekleidet. Seine Augen waren geschlossen. Er öffnete sie erst, als Mona vor ihm stand und ihn ansprach: »Herr Ritter?«

»Wer will das wissen?«

»Ich bin Kommissarin Sander, das ist Oberkommissar Moll. Wir müssen mit Ihnen über Katja Brunk sprechen.«

»Hat das Miststück mich angezeigt?«, regte der Verdächtige sich auf. »Sie dürfen ihr kein Wort glauben!«

»Es wird nicht möglich sein, dass Ihre Ex-Freundin etwas Negatives über Sie äußert«, erklärte Enno, »sie ist nämlich tot.«

Und Mona stellte fest, dass Ritter tatsächlich einen Ehering trug.

Kapitel 10

Die Ermittlerin kniff die Augen zusammen. Ritter war ein Mann von unscheinbarem Äußeren, mit Stirnglatze und leichtem Bauchansatz. Beim Vergleich mit Timo musste er zwangsläufig den Kürzeren ziehen – zumindest, was Monas Männergeschmack anging. Ob Katja ähnlich empfunden hatte? Fest stand, dass die Beziehung zwischen ihr und Ritter vorbei war. Und nur kurze Zeit später war der Artist bei den beiden Freundinnen eingezogen. Ob dies der Ex-Freund bemerkt hatte? Während ihr diese Überlegungen durch den Kopf gingen, sagte Enno: »Ziehen Sie sich bitte etwas über und begleiten Sie uns, Herr Ritter. Hier ist nicht die richtige Umgebung, um ein ernsthaftes Gespräch zu führen.«

Der Verdächtige starrte die Kommissare mit glasigem Blick an. Ob er die Todesnachricht überhaupt begriffen hatte? Falls er der Mörder war, hatte er genügend Zeit gehabt, um sich auf eine Begegnung mit der Polizei vorzubereiten. Hinzu kam, dass er vorbestraft war. Ritter verfügte also über Erfahrung im Umgang mit Gesetzeshütern.

»Katja … lebt nicht mehr?!«, stammelte er mit tonloser Stimme.

»Das haben wir Ihnen soeben mitgeteilt«, erwiderte Mona, »alles Weitere besprechen wir auf der Wache.«

»Ich wusste nichts von ihrem Tod«, behauptete Ritter. Er kam Mona wie ein Zombie vor, als er sich nun von der Liege erhob und einen Bademantel überwarf. Die Ermittler begleiteten ihn zu seinem Zimmer, wo er sich unter Ennos Aufsicht ankleidete. Mona wartete währenddessen auf dem Flur und ging noch einmal die bisher bekannten Fakten durch. Hatte Ritter Motiv und Gelegenheit für die beiden Morde? Durchaus, falls er für die entsprechenden Zeiträume kein Alibi vorweisen konnte. In der Touristeninformation hatte die Kommissarin erfahren, dass der Verdächtige noch für drei weitere Tage sein Hotelzimmer gebucht hatte. Eine vorzeitige Abreise wäre also auffällig gewesen. Alles passte zusammen – in Monas Augen allerdings ein wenig *zu* gut. Ihrer Erfahrung nach gestalteten sich Mordermittlungen meist weitaus komplizierter. Wenig später trat Ritter an Ennos Seite aus dem Hotelzimmer. Er trug nun eine helle Cargohose und ein blaues Freizeithemd mit kurzen Ärmeln, wodurch er wie ein normaler Tourist wirkte. Sein Gesichtsausdruck wirkte seltsam starr und maskenhaft. Ob Katjas Tod wirklich eine Neuigkeit für ihn war? Als sie das Gebäude verlassen hatten, holte Mona den

Wagen, während die beiden Männer vor dem Hotel warteten. Wenig später hatten die Ermittler den Verdächtigen in den Verhörraum geschafft. Ritter war von dem Oberkommissar bereits nach Waffen und gefährlichen Gegenständen durchsucht worden. Enno erklärte: »Sie stehen im Verdacht, Katja Brunk und Merle Levers getötet zu haben. Sie müssen sich nicht selbst belasten, können die Aussage verweigern und sich anwaltlich vertreten lassen.«

»Ich kenne die Prozedur, Herr Moll. Sie werden aus Ihren Akten wissen, dass ich kein unbeschriebenes Blatt bin. – Merle schaut also ebenfalls die Radieschen von unten an? Eigentlich sollte mich das freuen. Aber nicht, wenn Sie denken, dass ich es war.«

»Also leugnen Sie die beiden Taten?«, vergewisserte Mona sich. Sie hatte gemeinsam mit ihrem Kollegen gegenüber von Ritter am Tisch Platz genommen.

»Ja, das tue ich. – Ich mag kein Chorknabe sein, aber ein Mörder bin ich ganz bestimmt nicht«, behauptete Ritter.

»Also ist es purer Zufall, dass Sie zur selben Zeit wie Ihre Ex-Freundin und Merle Levers auf Borkum sind?«, hakte die Kommissarin nach.

Ritter ließ sich Zeit. Vermutlich überlegte er sich eine möglichst plausible Antwort. »So ganz zufällig war das nicht«, gab er zu, »für mich stand fest, dass Merle einen schlechten Einfluss auf Katja hatte. Solange die beiden Mädels unter einem Dach Ferien machten, hatte ich keine Chance auf eine Aussprache mit Katja – ich bin nämlich überzeugt davon, dass sie nach wie vor etwas für mich empfand.«

»Unter einem Dach«, wiederholte Mona, »also wussten Sie, dass Katja und Merle gemeinsam ein Ferienhaus gemietet hatten?«

Ritter war anzusehen, dass er sich am liebsten auf die Zunge gebissen hätte. *Er scheint nicht die hellste Kerze auf der Torte zu sein, wie Grietje sagen würde*, dachte die Ermittlerin. Der Verdächtige versuchte, sich herauszuwinden: »Nun ja, das ist ja kein Geheimnis gewesen. Die beiden haben in den sozialen Medien reichlich Fotos von sich selbst und dem Ferienhaus gepostet.«

»Ich kenne diese Bilder«, erwiderte Mona, »auf einem oder zwei davon ist sogar das Straßenschild mit der Aufschrift *Deichstraße* zu sehen. Man muss kein Meisterdetektiv sein, um die genaue Adresse des Ferienhauses herauszufinden und die Frauen aus sicherer Entfernung zu beobachten.«

»Sie glauben, das hätte ich getan, Frau Sander?«

»Und – haben Sie?«

»Ich bin kein Stalker, falls Sie das denken«, verteidigte Ritter sich, »ich wollte sie einfach mal allein treffen, ohne dass sie diese Furie Merle im Schlepptau gehabt hätte.«

»Katja Brunk wurde in der Nacht vom 27. auf den 28. August zwischen Mitternacht und zwei Uhr früh getötet«, sagte Mona. »Ich möchte wissen, wo Sie während dieses Zeitraums gewesen sind.«

Ihre Worte schienen den Verdächtigen in Verlegenheit zu bringen. Er starrte sie an, als ob er einen Geist gesehen hätte.

»Ich warte«, stellte die Kommissarin klar und trommelte demonstrativ mit den Fingerspitzen auf die Tischplatte.

»Also, in der Nacht hatte ich Besuch«, behauptete Ritter.

Mona glaubte ihm nicht: »So ist das also? Und wer war bei Ihnen?«

»Meine Ex-Frau.«

*

Mona warf Ritter einen Blick zu, der so viel bedeuten sollte wie: *Verschaukeln kann ich mich allein!* Und Enno sagte: »Die Dame kann also Ihre Aussage bestätigen?«

»Selbstverständlich, Herr Moll. Allerdings befindet sie sich schon wieder auf dem Festland. Sie muss arbeiten und ist nur für eine Nacht auf der Insel gewesen.«

»Und da haben Sie Ihrer Ex-Frau mit Ihren Liebeskünsten so den Kopf verdreht, dass sie für Sie jeden Unsinn bezeugen würde!«, wütete Mona.

Enno warf ihr einen warnenden Blick zu. Aber sie wusste selbst, dass bei ihr soeben die Sicherungen durchgebrannt waren. Zum Glück hatte Ritter ein dickes Fell. Ihm schien ihr Ausbruch sogar gefallen zu haben. Er sagte: »Sie machen sich Gedanken über meine Liebeskünste, Frau Sander? Bisher sind mir noch keine Klagen zu Ohren gekommen. Iris Grams ist eine wahrheitsliebende Frau. Sie wird mein Alibi ganz gewiss bestätigen.«

»So lautet ihr Name?«, hakte die Kommissarin nach.

»Ja, Iris hat nach unserer Scheidung wieder ihren Mädchennamen angenommen«, erklärte Ritter. *Das spricht ja nicht gerade für eine andauernde große Liebe!*, dachte Mona. Aber diesmal schaffte sie es, ihren Schnabel zu halten. War dieser Verdächtige einfach nur dummdreist oder sagte er die Wahrheit? Als Ex-Frau eines Vorbestraften musste Iris Grams eigentlich klar sein, dass sie durch eine Falschaussage bei einer Mordermittlung in Teufels Küche kommen konnte. Oder stimmte Ritters Geschichte? War Iris Grams für eine einzige Verabredung mit ihm nach Borkum gekommen? Die Kriminalistin wusste, dass manche Frauen gelegentlich bei ihrem Ex schwach werden konnten. Das war Mona in der Vergangenheit selbst schon mal so gegangen, wobei ihre Beziehungen meist ohnehin kurz und katastrophal waren. Das änderte sich erst, seitdem Jan Lummer in ihr Leben getreten war. Es gab tatsächlich keinen anderen Mann, der es so lange mit ihr ausgehalten hatte. Abgesehen von Enno natürlich, aber ihr Verhältnis war ein rein freundschaftliches. Die Worte ihres Kollegen rissen sie aus ihren Überlegungen: »Wir benötigen noch Adresse und Telefonnummer Ihrer Ex-Frau, Herr Ritter.«

Nachdem der Verdächtige die Angaben gemacht hatte, verließ Mona mit dem Zettel den Verhörraum. Sie ging in ihr Büro, schnappte sich den Telefonhörer und tippte die Nummer von Iris Grams ins Display. Die Kommissarin schaute stehend am Fenster dem Kommen und Gehen auf der Strandstraße zu, während das Freizeichen ertönte. Sie wollte schon auflegen, aber dann war eine gehetzt klingende Frauenstimme zu hören: »Grams.«

»Moin, ich bin Kommissarin Sander von der Polizei Borkum. Spreche ich mit Frau Iris Grams?«

»Ja, genau. – Rufen Sie wegen Pascal an? Wegen Pascal Ritter, meine ich?«

»So ist es. Wie kommen Sie zu dieser Vermutung?«

»Pascal hatte in der Vergangenheit öfter … Probleme mit dem Gesetz. Und da Sie bei der Polizei sind …«

»Es geht tatsächlich um die Bestätigung eines Alibis«, erklärte die Kommissarin, »Herr Ritter gibt an, dass er die Nacht vom 27. auf den 28. August mit Ihnen gemeinsam in seinem Hotelzimmer verbracht hätte. Trifft dies zu?«

Einen Moment lang war es ruhig. Dann sagte Iris Grams: »Ja, so ist das gewesen. Wir haben am nächsten Morgen zusammen im Hotel gefrühstückt, und dann hat Pascal mich zum Inselbahnhof gebracht.«

Ihre Stimme hörte sich plötzlich ganz hell an, wie die eines jungen Mädchens. Oder kam dies der Ermittlerin nur so vor?

»Mein Kollege und ich ermitteln wegen eines Doppelmords«, machte Mona eindringlich deutlich. »Wenn Sie bei Ihrer Aussage wissentlich lügen, dann ist das eine Straftat.«

»Das ist mir bewusst, Frau Sander. Aber es ist so gewesen. – Sie denken jetzt bestimmt schlecht von mir, weil ich bei meinem Ex schwach geworden bin …«

»Ich bin Polizeibeamtin und kein Moralapostel«, betonte Mona, aber Iris Grams schien gar nicht zugehört zu haben.

Sie fuhr fort: »Ich weiß, dass Pascal nicht perfekt ist. Aber manchmal sind meine Gefühle für ihn so stark, dass ich mich nicht dagegen wehren kann. Und da ich wusste, dass er ein paar Tage auf Borkum verbringen wollte, bin ich ihm eben nachgereist. – Ich habe es nicht bereut, das können Sie mir glauben!«

Bevor die Zeugin genauer ins Detail gehen konnte, sagte die Kommissarin schnell: »Vielen Dank für Ihre Offenheit. Ich möchte Sie bitten, diese Aussage bei der nächstgelegenen Polizeidienststelle in Bremerhaven zu Protokoll nehmen zu lassen. Ich brauche etwas Schriftliches. Die Kollegen sollen das Dokument dann an mich schicken.«

Iris Grams versprach, genau dies zu tun. Mona bedankte sich und beendete das Telefonat. Sie fühlte sich seltsam ernüchtert – ein leeres Gefühl im Kopf wie bei einem Alkoholkater, der langsam abklingt. Als Mona den Verhörraum erneut betrat, konnte man das Ergebnis der Kurzbefragung offenbar von ihrem Gesicht ablesen.

»Ich wusste, dass Iris mich nicht im Stich lassen würde!«, triumphierte Ritter. Enno ließ sich dadurch nicht beirren und fragte nach dem Alibi des Verdächtigen für den zweiten Mord. Er behauptete, zu der fraglichen Zeit am Strand gewesen zu sein: »Da war so ein Rettungsschwimmer, der mir eine Moralpredigt halten wollte, weil ich angeblich zu lang in der Sonne wäre …«

»Wie man sieht, hatte er unrecht«, stichelte Mona. Gleichzeitig wurde ihr bewusst, dass diese Badestrand-Aufsicht ein entscheidender Entlastungszeuge für Ritter sein konnte. Rettungsschwimmer waren normalerweise gute Beobachter, weil sie viele Schwimmer und Badende gleichzeitig beaufsichtigen mussten und es bei ihnen darauf ankam, eine Gefahrensituation auch aus größerer Entfernung zu erkennen.

»Wie sieht dieser Rettungsschwimmer denn aus?«

»Blonde Locken, groß, schlaksig«, lautete die Antwort des Verdächtigen.

»Das ist Kai«, stellte der Oberkommissar fest. Nun war er es, der den Raum verließ. Enno hatte keine Bedenken, Mona mit Ritter allein zu lassen. Sie war zwar nicht gerade hochgewachsen, aber zäh – und sie verstand es, sich ihrer Haut zu wehren. Das hatte schon so mancher Ganove schmerzhaft lernen müssen.

»Warum hätte ich Merle überhaupt umbringen sollen?«, fragte Ritter herausfordernd. »Sie wissen doch jetzt, dass ich Katja gar nicht getötet haben kann.«

»Das wird sich zeigen«, gab die Ermittlerin unbeeindruckt zurück, »und Sie haben vorhin selbst nach Herzenslust über Merle hergezogen. Dass Sie ihr auch den Tod gewünscht haben könnten, ist für mich sehr gut vorstellbar.«

»Aber Katja lebt nicht mehr, was hätte das noch für einen Sinn?«

»Rache ist ebenfalls ein sehr starkes Mordmotiv, Herr Ritter. Aus Ihrer Sicht war es Merle, die Katja und Sie auseinandergebracht hat. Und da Sie diese Zurückweisung nicht hinnehmen konnten, benötigten Sie einen Sündenbock. Oder heißt das bei Frauen Sündenzicke? Egal, ich spreche natürlich von der Unternehmensberaterin.«

Ritter lachte ihr laut ins Gesicht. Mona kniff die Augen zusammen: »Ich wusste gar nicht, dass ich so ein großes Talent für Komik besitze.«

»Entschuldigen Sie bitte, Frau Sander. Ich wollte mich nicht über Sie lustig machen. Es ist nur … glauben Sie wirklich, dass Merle eine Unternehmensberaterin war?«

»Was sollte sie denn sonst gewesen sein?«, fragte die Ermittlerin, obwohl sie etwas zu ahnen begann.

»Merle war so eine Art Edel-Callgirl, wenn man das so nennen will«, behauptete Ritter mit einem frechen Grinsen, »so gesehen hatte sie garantiert öfter mit Geschäftsleuten zu tun.«

Kapitel 11

Mona versuchte, sich ihre Aufregung nicht anmerken zu lassen. Vor allem musste sie im Hinterkopf behalten, von wem diese Information stammte – von einem Kriminellen nämlich, der seinen eigenen Kopf aus der Schlinge ziehen wollte. Enno hatte sich ja nach Merles Geschäftstermin erkundigen wollen. Allerdings war Mona seitdem noch nicht dazu gekommen, ihren Kollegen auf ein mögliches Ergebnis anzusprechen. Sie versuchte also zunächst, weitere Informationen aus Ritter herauszubekommen: »Ist das nur ein böswilliges Gerücht oder haben Sie dafür Beweise? Waren Sie vielleicht selbst einer ihrer Kunden?«

Mit der letzten Bemerkung wollte die Kommissarin den Verdächtigen bewusst herausfordern. Und dies gelang ihr auch. Ritter reagierte dünnhäutig: »Wie kommen Sie denn zu dieser absurden Vermutung? Sehe ich aus, als ob ich so etwas nötig hätte?«

»Das kann ich nicht beurteilen«, gab sie gelassen zurück, »aber Ihr Interesse an Frauen ist offensichtlich – erst stalken Sie Ihre Ex-Freundin, und dann lassen Sie sich erneut mit Ihrer Ex-Frau ein.«

»Das ist doch etwas völlig anderes!«, behauptete der Verdächtige. »Zwischen Katja und Iris und mir sind oder waren echte Gefühle im Spiel, während Prostitution nur ein schmutziges Geschäft ist!«

Ein Krimineller als Tugendprediger – das wird ja immer schöner, dachte Mona. Sie stellte fest: »Jetzt haben Sie mir immer noch nicht mitgeteilt, woher Sie über Merles angebliche Berufstätigkeit Bescheid wissen.«

»Ich habe durch Katja davon erfahren«, gab Ritter zurück. »Es gab zwischen uns einen Streit. Sie warf mir vor, ein Blender zu sein, dessen Einkommen ein Witz wäre. Und sie sagte, dass eine attraktive und gebildete Dame wie Merle erheblich mehr verdienen würde.«

Die Ermittlerin hakte ungläubig nach: »Und daraus schlussfolgerten Sie messerscharf, dass Katjas Freundin auf den Strich gehen würde?«

»Sie werden schon merken, dass ich recht habe.«

Mit diesen Worten verschränkte er trotzig die Arme vor der Brust. Mona empfand seine Annahme als reichlich weit hergeholt. Andererseits wusste sie natürlich, dass erotische Dienstleistungen auf den unterschiedlichsten Preisstufen und Niveaus existierten. Und falls Ritter die Wahrheit sagte – was die Kommissarin bezweifelte –, dann ergaben sich für den Doppelmord völlig andere Verdachtsmomente. Prostituierte wurden überdurchschnittlich oft Opfer von Gewaltverbrechen, diese Tatsache war Mona als Polizistin natürlich bekannt. Bevor sie weiter über diesen Punkt nachdenken konnte, kehrte Enno in den Verhörraum zurück.

»Ich habe mit dem Rettungsschwimmer gesprochen«, erklärte er, »Kai hat vergeblich versucht, Sie auf die Gefahren eines Sonnenbrands aufmerksam zu machen. Dies geschah genau in dem Zeitfenster, als Merle Levers ermordet wurde. Ich habe ihm ein Foto gezeigt, er konnte Pascal Ritter eindeutig identifizieren.«

Der Verdächtige strahlte wie ein Honigkuchenpferd: »Sehen Sie? Dann kann ich jetzt wohl gehen.«

»Meinetwegen – verschwinden Sie. Aber halten Sie sich zu unserer Verfügung, falls es weitere Fragen gibt«, grollte Mona.

»Das werde ich tun, Frau Sander. – Und Sie strengen sich besser an, den wahren Mörder der beiden Frauen zu finden. Andernfalls werde ich mich über Sie beschweren!«

Die Kommissarin schluckte eine gepfefferte Antwort herunter. Ritter erklärte sich sogar freiwillig bereit, eine DNA-Probe zu hinterlassen. Er schien sich seiner Sache sehr sicher zu sein. Enno geleitete den Verdächtigen nach vorn ins Wachlokal. Als der Oberkommissar zurückkehrte, fragte Mona: »Hast du schon herausfinden können, was für einen Geschäftstermin Merle auf dem Festland hatte?«

»Nee, leider nicht. Ich habe die Emder Hotels abtelefoniert, dort ist sie nirgendwo abgestiegen. Ich wollte als Nächstes mein Glück bei den Autovermietungen versuchen«, erwiderte der Ostfriese. Seine Kollegin erklärte: »Ritter behauptet nämlich, Merle wäre so eine Art Edelhure gewesen. Ich persönlich halte diese Annahme für eine Ausgeburt seiner schmutzigen Fantasie. Trotzdem sollten wir herausfinden, mit wem sie bei ihrem Trip aufs Festland Kontakt gehabt hat.«

»Ja, da bin ich ganz deiner Meinung. – Immerhin können wir Ritter als Mordverdächtigen nun ausschließen«, meinte Enno.

»Ja, bedauerlicherweise. Der Kerl ist mir so unsympathisch, dass ich ihn liebend gern eingebuchtet hätte. Dafür gibt es leider keine Handhabe. Wir können ihm noch nicht einmal nachweisen, dass er seine Ex-Freundin gestalkt hat. Sich auf derselben Insel wie Katja zu befinden ist ja kein Verbrechen.«

Der Oberkommissar gähnte verhalten und sagte: »Darum kümmern wir uns morgen gemeinsam, einverstanden? Es ist schon spät, und heute können wir nicht mehr viel erreichen. Bernd Fromm wird keinen Mucks von sich geben, bevor er nicht mit seinem Strafverteidiger gesprochen hat. Und solange wir sein Alibi nicht überprüft haben, kommt er für die beiden Morde als Tatverdächtiger infrage.«

»Wollte morgen nicht auch Freddy zu uns kommen?«, vergewisserte Mona sich.

»Ja, mit der ersten Fähre«, lautete die Antwort ihres Kollegen, »ein Abgleich mit den Straftaten auf Norderney kann uns hoffentlich neue Informationen bringen.«

»Gut, dann sehen wir uns morgen – und grüße Birte von mir!«

»Wird gemacht.«

Schneller als sonst verabschiedete Enno sich in den Feierabend. Und auch Mona machte sich auf den Weg. Sie musste zunächst ihr Fahrrad holen, das sie an der Deichstraße zurückgelassen hatte. Dann schwang sie sich in den Sattel und fuhr Richtung Yachthafen, wo Jan Lummer sein Seglerlokal *Nordsee Kajüte* betrieb. Sie hatte das dringende Bedürfnis, die Nacht mit ihrem Freund zu verbringen. Der Überfall auf Birte Moll hätte auch übelst schiefgehen können, darüber machte sich die Kommissarin keine Illusionen. Glück war nicht etwas, das man als selbstverständlich voraussetzen konnte. Und darum wollte sie das Leben im Hier und Jetzt genießen. Es dauerte nicht lange, bis sie das Ende der Reedestraße erreicht hatte. Nicht weit von dort befand sich die kleine Gaststätte. Mona wurde von munteren Irish-Folk-Klängen begrüßt, als sie den Schankraum betrat. Jan war eigentlich Heavy-Metal-Fan, richtete sich in seinem Lokal aber eher nach den Wünschen seiner Gäste. *Der Wurm muss dem Fisch schmecken und nicht dem Angler* – so lautete sein Motto. Monas Freund stand hinter der Theke und zapfte Bier. Er lächelte, als er den Überraschungsbesuch bemerkte: »Moin, willst du mich verhaften?«

Sie näherte sich und kam zu ihm hinter den Tresen. Als seine Freundin durfte sie das tun.

»Darauf kannst du wetten!«, erwiderte sie lachend und gab ihm einen Kuss, »meine Handschellen habe ich natürlich dabei!«

Kapitel 12

Am nächsten Morgen herrschte leichter Nieselregen, was Mona aber nicht von einem ausgiebigen Spaziergang mit ihrer geliebten Dogge abhalten konnte. Die Nacht in Jans Armen war genau das gewesen, was sie für ihren Seelenfrieden gebraucht hatte. Und nach der »Hunderunde« mit Rufus waren ihre Batterien nun komplett aufgeladen. Sie erschien sogar früh genug im Büro, um schon mal einen Tee aufzusetzen. Auch der Kollege von der Norderneyer Dienststelle war ein echter Ostfriese, den man mit einer starken Assam-Mischung zu jeder Tages- und Nachtzeit erfreuen konnte. Während die Kommissarin den Tee zubereitete, ließ sie sich den aktuellen Stand der Ermittlungen noch einmal durch den Kopf gehen. Ritter kam als Tatverdächtiger nicht mehr infrage, auch wenn sie dies persönlich bedauerte. Fromm war im Prinzip ein aussichtsreicher Kandidat. Allerdings stellte sich bei ihm die Frage, aus welchem Grund er nach dem ersten Mord in das Ferienhaus zurückgekehrt war. Dies erschien der Kriminalistin überhaupt nicht plausibel. Einbrecher versuchten normalerweise, so viel Beute wie möglich zu machen und dann auf Nimmerwiedersehen zu verschwinden. Dies war in diesem Fall nicht geschehen, wenn man bei den beiden Morden von demselben Täter ausging. Oder gab es eine Verbindung zwischen Fromm und den beiden Freundinnen, die den Kommissaren bisher entgangen war? Um Punkt acht Uhr betrat Enno das Dienstzimmer. Er machte einen zufriedenen Eindruck, was bei ihm eigentlich der Normalzustand war. Aber angesichts der dramatischen Ereignisse am Vortag fand Mona es besonders erleichternd, dass es ihm gut zu gehen schien.

»Moin, alles klar bei dir?«, fragte sie, wobei ihre Pulsfrequenz anstieg. Noch war ja nicht sicher, wie ihr Kollege sich wirklich fühlte.

»Birte hat das Erlebnis gut verkraftet«, versicherte der Oberkommissar, »wir haben uns gestern Abend noch lange unterhalten. Und wir sind zu dem Ergebnis gekommen, dass meine Frau nichts hätte anders machen können. Ihr großer Vorteil war, dass sie Rufus nicht eingesperrt hatte. Dein Hund konnte sofort eingreifen, sodass Birte kein Haar gekrümmt wurde. Ich weiß nicht, wie es in einem anderen Fall ausgegangen wäre.«

Bevor Mona auf seine Worte reagieren konnte, klopfte es an der Tür. Gleich darauf trat Freddy Lurke ein. Mona hatte den Norderneyer Oberkommissar bereits bei einer früheren Gelegenheit kennengelernt. Er war ein hagerer Mann in legerer Kleidung, der genau wie Enno kurz vor der Pensionierung stand. Seine Haut war tief gebräunt, weil er genau wie die Borkumer Ermittler so viel Zeit wie möglich an der frischen Luft verbrachte.

»Moin, ihr beiden!«, sagte Freddy mit einem freundlichen Lächeln auf seinen schmalen Lippen. Nachdem er den Kommissaren die Hände geschüttelt hatte, durfte er auf dem Besucherstuhl des Oberkommissars Platz nehmen. Mona flitzte in die kleine Teeküche hinüber und brachte die Kanne, die Tassen, Kandis, Sahne und einen Teller mit Keksen auf einem Tablett in das Dienstzimmer. Nachdem sich alle an der Assam-Mischung bedient hatten, fragte Freddy: »Ihr habt also einen Verdächtigen verhaftet, der auch auf Norderney zugeschlagen haben könnte?«

Enno nickte. Er fasste die Ereignisse vom Vortag zusammen, wobei er nicht völlig verschleiern konnte, dass die Verhaftung in seinem Haus über die Bühne gegangen war.

»Ein Eindringling im Haus eines Kriminalisten, das ist entweder sehr dreist – oder unglaublich naiv«, stellte der Norderneyer Kollege fest. Er fuhr fort: »Wenn ich Einbrecher wäre, dann würde ich mich besser vorbereiten, damit mir so ein Patzer nicht passiert.«

»War denn die Vorgehensweise auf eurer Insel nicht ganz ähnlich?«, wollte Mona wissen.

»Der Trick-Einbrecher hat sich stets als eine Amtsperson ausgegeben«, betonte Freddy, »insofern würde gut ins Schema passen, dass dieser Fromm sich als Mitarbeiter der Stadt Borkum ausgegeben hat.«

»Wie ging es dann weiter?«, fragte Enno.

Freddy trank genüsslich einen Schluck Tee und antwortete: »Der Täter zwang die jeweiligen Bewohner mit vorgehaltenem Messer dazu, ihr Bargeld und ihre Wertgegenstände herauszurücken. Danach fesselte und knebelte er sie und zog mit der Beute ab.«

»Also hat er nur mit tödlicher Gewalt gedroht, sie aber nicht angewendet«, dachte Mona laut nach. »Und warum hätte er Katja erwürgen sollen, nachdem er bereits ein Messer zur Hand hatte? Ganz abgesehen davon, dass er die Tote nicht ausgeraubt hat.«

»Vielleicht ist er aus dem Grund am nächsten Tag zurückgekehrt«, schlug Enno vor. Doch im nächsten Moment korrigierte er sich selbst: »Nein, das passt nicht zusammen. Fromm ist ein Profi. Ihm muss klar sein, dass die Polizei nach dem Mord den Tatort genau untersuchen wird. Es gibt genügend andere Häuser auf Borkum, in denen er sein Glück versuchen konnte – zum Beispiel meins.«

»Solange wir kein Alibi für die beiden Tatzeiträume haben, ist Fromm als Verdächtiger nach wie vor im Rennen«, stellte Mona klar.

»Irgendwo muss der Mann seine Beute ja untergebracht haben«, überlegte Enno, »angenommen, er ist als vermeintlich normaler Tourist nach Borkum gereist. Niemand weiß, dass er auf Norderney erfolgreiche Raubzüge über die Bühne gebracht hat. Wo würde er seine illegalen Einnahmen verstecken?«

Enno schien keine Antwort auf seine Frage zu erwarten. Er hatte einige in Beweisstückbeutel verpackte Gegenstände auf seinem Schreibtisch ausgebreitet und sagte: »Schauen wir uns doch an, was unser junger Kollege bei der Durchsuchung von Fromms Taschen gefunden hat. Neben dem Messer konnte er ein Handy, eine Brieftasche, ein Fährticket sowie einen Zimmerschlüssel sicherstellen. Der Schlüssel hat einen Anhänger, der mir sehr bekannt vorkommt. Fromm hat sich offenbar in der Frühstückspension *Oude Hus* eingemietet. Sie gehört einer Schulfreundin von mir.«

»Ja, diesen Vorteil haben wir auf den Inseln«, meinte Freddy lächelnd, »hier kennt jeder jeden.«

»Wir sollten jedenfalls nachher bei Elske Fokken – so heißt die Pensionswirtin – vorbeischauen«, meinte der Oberkommissar, »denn ich könnte mir vorstellen, dass der Täter seine Beute entweder im Zimmer selbst oder in der unmittelbaren Umgebung versteckt hat. Dies gilt übrigens nur für die Wertgegenstände. Das gestohlene Bargeld wird Fromm einfach in seine Brieftasche gestopft haben. Darin befanden sich immerhin 4.700 Euro in Banknoten unterschiedlicher Stückelung. Und laut dem Datumstempel auf seinem Fährticket ist er bereits am 20. August auf der Insel eingetroffen. Er war also während der beiden Morde hier anwesend.«

»Woher könnte der Täter den gefälschten Dienstausweis eines städtischen Mitarbeiters haben?«, dachte Mona laut nach. Gleich darauf beantwortete sie ihre Frage selbst: »Vermutlich aus dem *Darknet*, da kann man doch jedes illegale Produkt bestellen und sich frei Haus liefern lassen. Allerdings sollte Fromm den Kauf reklamieren, das Ergebnis war einfach zu miserabel.«

Die drei Kommissare lachten, wurden aber gleich darauf wieder ernst.

»Ich habe eine Liste des auf Norderney gestohlenen Schmucks«, teilte Freddy seinen Borkumer Kollegen mit, »wenn wir die Beute finden, können wir auch die Taten auf meiner Heimatinsel dem Verdächtigen zuordnen.«

Mona und Enno waren natürlich in erster Linie an der Aufklärung des Doppelmords interessiert. Aber noch ließ sich nicht ausschließen, dass es einen Zusammenhang zwischen den Einbrüchen und dem Tod von Katja Brunk und Merle Levers gab.

»Was ist mit dem Handy?«, wollte die Kriminalistin wissen. »Fromm hat bisher die Aussage verweigert, also können wir von ihm den PIN-Code einstweilen nicht erfahren. Und bis die Kriminaltechniker das Gerät entsperrt haben, dauert es wahrscheinlich lange.«

Enno schaute auf seine Uhr und erwiderte: »Wir sollten im *Oude Hus* vorbeischauen. Fromms Rechtsanwalt kann schon bald eintreffen, vielleicht hat er sogar dieselbe Fähre genommen wie du, Freddy. Wenn wir die Beute finden, haben wir ein Druckmittel. Dann wird der Verdächtige hoffentlich kooperieren und seine Karten auf den Tisch legen.«

Die drei tranken ihren Tee aus und brachen auf. Von der Polizeiwache in der Strandstraße bis zum Bahnhofspfad, in dem sich die Pension befand, waren es nur wenige Schritte zu Fuß. Elske Fokkens Beherbergungsbetrieb gehörte zu den preiswertesten auf der Urlaubsinsel. Die Zimmer waren einfach, aber sauber und gemütlich. Als die Ermittler das urige Friesenhaus betraten, wurden sie vom Duft nach gebratenem Speck und starkem Tee empfangen. Enno war anzusehen, dass ihm das Wasser im Mund zusammenlief. Elske Fokken kam aus dem Frühstücksraum, in dem sie gerade die Urlauber bewirtet hatte. Die resolute Frau mit der taubengrauen Dauerwellenfrisur blinzelte, als sie die Borkumer Kommissare erkannte.

»Moin, ihr beiden!«, rief sie fröhlich. »Bringt ihr mir einen neuen Gast?«

»Heute nicht«, antwortete der Ostfriese. »Das ist Oberkommissar Lurke von der Polizei Norderney.«

»Für Mona und Enno bin ich der Freddy«, ergänzte der Polizist mit dem grauen Knebelbart, »dabei können wir es gern belassen.«

»Und ich heiße Elske«, sagte die Pensionswirtin, wobei sie Lurke von Kopf bis Fuß musterte. Mona hätte schwören können, dass sie an ihm interessiert war. Soweit die Kommissarin wusste, gab es keinen Mann in Elske Fokkens Leben.

»Wir müssen ungestört mit dir reden«, bat Enno seine Schulfreundin mit gedämpfter Stimme. Daraufhin führte die Pensionswirtin die drei in ihre Küche und schloss die Tür. Nun konnte man die Gespräche und das Klirren von Geschirr und Besteck aus dem angrenzenden Frühstücksraum nur noch sehr gedämpft hören. Enno zeigte Elske den Zimmerschlüssel und erklärte: »Wir haben den Gast von Zimmer fünf verhaftet, weil er Birte überfallen wollte. Er steht im Verdacht, noch eine Reihe weiterer Straftaten begangen zu haben – auch auf Norderney. Deshalb ist Freddy heute als Unterstützung mitgekommen.«

Die Pensionswirtin erschrak sichtlich: »Ihr habt ihn festgenommen? Deshalb ist er also noch nicht zum Frühstück erschienen. – Es gab also einen Überfall? Ich hoffe doch sehr, dass es deiner Frau gut geht.«

Der Oberkommissar erwiderte: »Ja, ihr fehlt nichts, was sie Monas Dogge verdankt. – Du besitzt eine gute Menschenkenntnis, Elske. Was kannst du uns über den Gast sagen? Er heißt übrigens Bernd Fromm. Hat er unter diesem Namen bei dir gebucht?«

»Ja – und ich bin nicht sicher, ob ich meine Gäste wirklich so gut einschätzen kann, Enno. Ich hätte mir jedenfalls nicht träumen lassen, dass Fromm ein Krimineller ist. Er verhielt sich höchst unauffällig, eckte bei niemandem an. Wenn er morgens zum Frühstück erschien, aß er schnell ein Brötchen, trank einen Kaffee und verschwand dann wieder.«

Mona wusste, dass Elske gern ein wenig mit den Urlaubern plauderte, die sich bei ihr einquartierten. Die Kommissarin fragte: »Hat Fromm dir verraten, was er tagsüber auf Borkum unternehmen wollte?«

»Er behauptete, sich für die Natur zu begeistern – vor allem für unsere Vogelwelt. Wenn er morgens die Pension verließ, hatte er immer eine große Umhängetasche dabei. Ich vermutete, dass er darin eine Kamera transportierte, vielleicht auch Essen und Getränke für einen langen Tag an der frischen Luft.«

Umhängetasche? Ein solcher Gegenstand war bei Fromms Verhaftung nicht sichergestellt worden. Ob sich darin seine Beute befand? Bei genauerer Überlegung ergab diese Annahme durchaus einen Sinn, wie Mona fand. Es wäre aus Sicht des Verbrechers leichtsinnig gewesen, die Wertgegenstände in dem Pensionszimmer zu lassen, wo die Reinigungskraft sie vielleicht gefunden hätte. Natürlich hätte er auch ein Bankschließfach mieten können. Dafür musste er aber seinen Personalausweis vorzeigen. Und ein solches Dokument war weitaus schwieriger zu fälschen als ein Mitarbeiterausweis eines städtischen Angestellten. Ganz abgesehen davon, dass die Aufbewahrung in einem Safe ungünstig war, falls Fromm schnell verschwinden musste. Aber wo war diese Tasche?

»Hat dein Gast ein Leihrad?«, wollte Enno wissen.

»Davon ist mir nichts bekannt«, lautete die Antwort. »Ich habe ihn immer nur zu Fuß gehen sehen.«

»Lass uns zunächst einen Blick in das Zimmer werfen«, schlug Freddy vor. Enno hatte den Schlüssel des Verdächtigen. Der Oberkommissar ging voraus. Der Raum mit der Nummer fünf befand sich im Erdgeschoss, am Ende eines langgestreckten Korridors. Der Ostfriese schloss auf. Fromm bewohnte ein kleines Einzelzimmer mit einer Mini-Nasszelle. Das Bett war gemacht – kein Wunder, denn der Kriminelle hatte ja in der Arrestzelle genächtigt. Enno, Mona und Freddy zogen Latexhandschuhe über. Sie durchsuchten das Zimmer, fanden aber keine brauchbaren Versteckmöglichkeiten. Weder im Koffer noch in dem Kleiderschrank oder im Nachttisch fanden sich Teile der Beute. Für die Kommissarin stand fest, dass Fromm den Schmuck in seiner Umhängetasche mit sich geführt hatte. Jetzt mussten die Ermittler diese nur noch finden. Offenbar konnte man Mona ansehen, dass sie intensiv nachdachte. Jedenfalls warf Enno ihr einen fragenden Blick zu: »Was geht dir gerade durch den Kopf?«

»Ich stelle mir vor, dass Fromm die Borkumer Wohngebiete systematisch ›abgegrast‹ hat. Die Deichstraße – dort haben die beiden Morde stattgefunden, Freddy – und dein Haus in der Julianenstraße sind nicht allzu weit voneinander entfernt. Der Täter wird die Umhängetasche also in der Nähe seines Wirkungsgebiets deponiert haben, um sie im Notfall schnell greifen und abhauen zu können.«

Die Julianenstraße gehörte zu den ruhigen Seitengassen, durch die Reedestraße und Deichstraße miteinander verbunden wurden. Dort gab es zahlreiche kleine Einfamilienhäuser, von denen viele ganzjährig von Einheimischen bewohnt wurden. Allerdings dienten einige Gebäude auch als Ferienunterkünfte, wie beispielsweise das Haus, in dem Katja Brunk und Merle Levers getötet wurden. Enno nickte langsam und sagte: »Ja, das ist plausibel. – Fromms Strafverteidiger hat sich noch nicht gemeldet, wahrscheinlich hat er die erste Fähre verpasst und erscheint mit der nächsten – oder mit dem Katamaran. Wir sollten den Zeitvorsprung nutzen und uns in der Gegend zwischen meinem Haus und dem Tatort der zwei Morde genauer umschauen.«

Mona und Freddy waren einverstanden. Sie schlossen das Zimmer des Verdächtigen wieder zu und verabschiedeten sich von der Pensionswirtin.

»Vielleicht kommst du ja einfach mal auf einen Tee vorbei«, sagte Elske Fokken zu dem Norderneyer Oberkommissar, »das würde mich freuen.«

»Ja, das werde ich tun«, versicherte Lurke. Ob es zwischen den beiden gefunkt hatte? Mona war nicht sicher. Sie hätte es sowohl dem Norderneyer als auch Elske gegönnt, weil sie beide sehr sympathisch fand. Doch nun galt es, sich auf die Suche nach der Umhängetasche zu konzentrieren. Zu Fuß benötigte man vom Bahnhofspfad bis zur Julianenstraße ungefähr eine Viertelstunde. Die drei Ermittler hatten bewusst nicht den Dienstwagen genommen, weil man vom Auto aus nicht jedes Detail erkennen konnte. Sie mussten hinter jede Hecke und jeden Mülleimer schauen, um die Tasche zu finden. Falls Monas Vermutung falsch war, verschwendeten sie ohnehin bloß ihre Zeit. Doch solche Gedanken waren sinnlos. Die Kommissarin hatte schon öfter gute Erfahrungen damit gemacht, sich in die Vorgehensweise eines Kriminellen hineinzuversetzen. Und Fromm war ganz gewiss kein Amateur oder Anfänger. Während die Polizisten sich langsam in Richtung Ennos Haus vorarbeiteten, zeigten sie allen ihnen entgegenkommenden Passanten ein aktuelles Foto von Fromm. Mona hatte es mit ihrer Handykamera gemacht, kurz bevor der Verdächtige in die Arrestzelle geschafft worden war. Die meisten Menschen, denen die Kriminalisten begegneten, schüttelten bedauernd die Köpfe. Aber ein älterer Mann, der seinen Dackel Gassi führte, nickte: »Ja, den Herrn habe ich an der Deichstraße gesehen. Er schien etwas zu suchen. Dann sah ich, dass er einen

Dienstausweis der Stadt Borkum hatte. Ich vermute, dass er die Ferienhäuser kontrollierte – ob da auch alles seine Richtigkeit hat.« *Oder ob man dort gut Beute machen kann*, dachte Mona. Die Beamten bedankten sich und gingen weiter. Sie kamen am Schiffbrüchigen-Denkmal vorbei, das an die Menschen erinnerte, die »auf See geblieben« waren – eine gängige Beschönigung für den elenden Tod durch Ertrinken. Die Gedenkstätte war fast ein kleiner Park, mit viel Grün und Ruhebänken. Direkt daneben befand sich einer der Kunststoffbehälter, in denen der Streusand für die Wintermonate aufbewahrt wurde. Mona blieb abrupt davor stehen. Sie schaute sich das Vorhängeschloss an, das für einen Kriminellen kein echtes Hindernis darstellte. Ihre beiden Begleiter schauten zu, wie sie eine Haarnadel aus ihrer Frisur zog.

»Wie gut, dass wir bei Gefahr im Verzug keinen Durchsuchungsbeschluss benötigen«, meinte Enno trocken, während sie das Stück Draht zu einem Behelfsnachschlüssel zurechtbog und sich an dem Schloss zu schaffen machte. Es dauerte nicht lange, bis die Kommissarin Erfolg hatte. Sie öffnete den Deckel, beugte sich vor – und hob eine Umhängetasche hoch, die auf dem Sand im Inneren des Behälters gelegen hatte. Mona schloss den Deckel wieder, hängte das Schloss in seine Halterung und breitete den Inhalt der Tasche vor ihren Kollegen aus. Die Ausbeute bestand aus einem Collier, drei Perlenketten, einer wertvoll aussehenden Damenarmbanduhr sowie zwei Armreifen. Freddy hatte bereits seine Liste hervorgezogen und machte einen Abgleich.

»Diese Stücke stammen ausnahmslos von Einbrüchen auf Norderney«, erklärte er, »nun freue ich mich richtig auf das Verhör mit Fromm – ich darf doch daran teilnehmen, oder?«

»Ja, natürlich«, gab Enno lächelnd zurück, »wir teilen unsere Verdächtigen gern mit dir.«

»Ich frage mich, warum dieser Vogel einen Teil der Beute mit nach Borkum genommen hat«, dachte Mona laut nach. »Vielleicht wird er uns ja eine zufriedenstellende Erklärung liefern.«

Kapitel 13

Sosehr Mona sich über die Richtigkeit ihrer Vermutung freute – einen Beweis für Fromms Schuld an dem Tod der beiden Frauen stellte die Beute nicht dar. Wenn der Täter nur die Einbrüche beziehungsweise Überfälle zugab und die Morde leugnete, blieb aber immer noch der Abgleich seiner DNA mit dem Kapuzenpullover, den der Unbekannte mit dem Ehering so schnell losgeworden war. Und dass auch Fromm ein solches Schmuckstück als Beweis für seine Heirat trug, war der Kommissarin schon bei der Festnahme in Ennos Haus aufgefallen. Sie kehrten nun zur Polizeistation zurück. Dort war der Rechtsanwalt inzwischen eingetroffen, wie sie von Grietje erfuhren: »Der Herr heißt Dr. Jörn Paulsen. Er geht, als ob er einen Stock verschluckt hätte, und ist wie ein Bestattungsunternehmer gekleidet. Vielleicht hat er ja noch einen Nebenjob.«

»Danke für die bildhafte Schilderung«, erwiderte Mona. »Sagst du uns bitte Bescheid, sobald Anwalt und Klient zum Verhör bereit sind?«

»Zu Euren Diensten, Mylady«, gab die freche Polizeimeisterin zurück. Dann widmete sie sich wieder ihren Aufgaben im Wachlokal.

»Grietje hat ja immer noch eine große Klappe«, meinte Freddy grinsend, nachdem er und die Kommissare wieder in dem Dienstzimmer verschwunden waren. Er kannte die junge sommersprossige Kollegin bereits von früheren Borkum-Aufenthalten.

»Ja, mit der jungen Dame wird es nie langweilig«, bestätigte Enno schmunzelnd. Dann gingen die Ermittler noch einmal die bisher bekannten Fakten durch, um für die Befragung gut vorbereitet zu sein. Wenig später ließ Dr. Paulsen erklären, dass er und sein Mandant für das Verhör zur Verfügung standen. Als Mona den Raum betrat, dachte sie, dass Grietjes Beschreibung höchst zutreffend war. Der Jurist wirkte in seinem schwarzen Anzug auf der Urlaubsinsel deplatziert. Allerdings war er nicht zu seinem Vergnügen nach Borkum gereist, sondern um Fromm möglichst gut zu vertreten. Nachdem sich alle miteinander bekannt gemacht und Enno den Verdächtigen über seine Rechte aufgeklärt hatte, sagte der Strafverteidiger: »Ist es überhaupt statthaft, dass Herr Moll an dieser Befragung teilnimmt? Er ist gewiss voreingenommen, weil mein Mandant in seinem Haus von einem Hund angegriffen wurde ...«

Mona fiel ihm ins Wort: »Fromm ist unter einem anderen Namen und unter Verwendung eines falschen Dienstausweises in das Haus der Molls eingedrungen, wobei er ein Messer mit sich führte. Er wurde von einer Dogge schachmatt gesetzt, die übrigens mir gehört. So betrachtet können Sie gern auch mich als befangen ansehen, Herr Dr. Paulsen!«

»Dieses Vieh hätte mir beinahe den Kopf abgebissen!«, motzte Fromm.

»Ihr Schädel sitzt ja noch fest auf dem Hals«, stellte die Kommissarin trocken fest, »und übrigens war es ja nur eine Frage der Zeit, bis Sie mit Ihrer Masche eine Bauchlandung erleiden würden.«

Der Anwalt sagte: »Was für eine Masche, Frau Sander? Sie sollten mit haltlosen Anschuldigungen vorsichtig sein. Es ist schon schlimm genug, dass Sie einen gefährlichen Hund ohne Maulkorb herumlaufen lassen. Gerade Sie als Polizeibeamtin müssten sich Ihrer Verantwortung bewusst sein.«

»Meine Dogge Rufus ist nicht der *Hund von Baskerville*«, gab Mona patzig zurück. »Wenn Ihr Mandant in fremde Häuser eindringt, dann tut er das auf sein eigenes Risiko. Und mit Masche meine ich das Entwenden von fremdem Eigentum unter Androhung von Gewalt. – Zeigst du den Herrn bitte unseren Fund, Freddy?«

Fromms Gesicht schien immer länger zu werden, als der Norderneyer Oberkommissar die Umhängetasche sowie deren Inhalt auf dem Tisch ausbreitete. Dr. Paulsen warf seinem Mandanten einen misstrauischen Blick zu. In diesem Moment war die Ermittlerin hundertprozentig davon überzeugt, dass der Verdächtige seinem Rechtsvertreter ein Märchen aufgetischt hatte. Zumindest schien der Jurist nicht zu wissen, wie viel sein Schützling wirklich auf dem Kerbholz hatte. Dies war von Fromm nicht sehr clever gewesen – wie sollte Dr. Paulsen ihn effektiv verteidigen, wenn er nicht ihm gegenüber bei der Wahrheit blieb?

»Ich müsste noch einmal kurz mit meinem Mandanten unter vier Augen sprechen«, schnarrte der Anwalt.

»Kein Problem. – Wir trinken derweil einen Tee, wir sind hier schließlich in Ostfriesland«, erwiderte Mona lässig und erhob sich von ihrem Stuhl. Sie ging gemeinsam mit ihren beiden Kollegen hinaus und setzte Wasser für eine Kanne Tee auf. Man konnte schließlich nicht wissen, wie lange die Unterredung dauern würde.

»Für Fromm heißt es *Game over*«, meinte Freddy, während er sich in der Teeküche an die Wand lehnte. »Ich habe die Diebstahlanzeigen von sämtlichen Geschädigten auf Norderney, mitsamt der Liste von gestohlenen Wertsachen. Wetten, dass Fromm seine Fingerabdrücke auf dem Schmuck hinterlassen hat? Und die Umhängetasche lässt sich ihm zuordnen. Ich bin sicher, dass Elske Fokken das Teil wiedererkennen wird.«

»Ja, für diese Verbrechen muss Fromm sich auf jeden Fall verantworten«, stellte Enno fest, »aber was den Mordverdacht betrifft, werden wir ohne einen DNA-Abgleich nicht weit kommen. Sobald wir seinen genetischen Fingerabdruck abgeglichen haben, sehen wir klarer.«

Mona war noch nicht davon überzeugt, dass der Mehrfachtäter die beiden Frauen umgebracht hatte. Doch sie behielt ihre Zweifel momentan für sich. Gewiss, es wäre von Fromm nicht sehr clever gewesen, an zwei Tagen hintereinander denselben Tatort zu betreten. Aber der Kriminelle hatte sich bisher nicht durch besondere Geistesschärfe hervorgetan. Sein nachgemachter Dienstausweis war einfach zu schlecht – wäre Mona eine Verbrecherin gewesen, sie hätte sich niemals mit einem so minderwertigen Requisit auf einen Raubzug begeben. Der Tee musste jedenfalls warten. Die Kommissarin konnte die Blätter noch nicht einmal aufgießen, als Dr. Paulsen die Kommissare in den Verhörraum zurückrief.

»Mein Mandant sieht ein, dass er einen großen Fehler begangen hat«, verkündete der Strafverteidiger feierlich, »und darum wird er nun ein umfängliches Geständnis ablegen.«

Der Rechtsanwalt nickte Fromm zu, und der begann damit, seine auf Norderney begangenen Verbrechen sowie den Überfall auf Birte Moll herunterzuleiern. Mona warf eine Frage ein: »Warum haben Sie einen Teil der Norderneyer Beute mit nach Borkum genommen?«

»Ich wollte hier einen Hehler treffen, bei dem ich das Zeug auf einen Schlag loswerden konnte«, behauptete Fromm, »aber der Kerl hat mich versetzt. Wahrscheinlich hat er kalte Füße bekommen.«

»Hat diese Person auch einen Namen?«, wollte die Kommissarin wissen.

»Jörn Lohmann«, gab Fromm mürrisch zurück. Mona notierte die Angaben. Wie sich später herausstellte, war Lohmann bereits vor einigen Tagen in Bremerhaven verhaftet worden, hatte also aus diesem Grund nicht auf Borkum erscheinen können. Die Kriminalistin war gespannt, ob noch mehr Informationen folgen würden. Doch der Ganove verstummte, nachdem er zugegeben hatte, das Haus des Oberkommissars ausrauben zu wollen. Die Kriminalistin konnte ihre Ungeduld nicht mehr im Zaum halten: »Schön, und was ist mit dem Haus in der Deichstraße?« Sie nannte die genaue Adresse.

Fromm spielte den Ahnungslosen: »Was soll damit sein?«

»Sie sind also nicht dort eingedrungen und haben zwei Frauen erwürgt?«

Fromm erschrak sichtlich: »Nee, das habe ich nicht getan – was wollen Sie mir denn noch anhängen?«

»Wir hängen Ihnen gar nichts an!«, fauchte die Kommissarin. »Sie haben soeben eine ganze Menge Straftaten gestanden, schon vergessen? Sie können uns aber sehr leicht von Ihrer Unschuld überzeugen, Herr Fromm. Der Tatverdächtige hat nämlich eine Kapuzenjacke mit einem asiatischen Schriftzeichen zurückgelassen, und wenn Sie uns freiwillig eine DNA-Probe liefern …«

Nun war es der Kriminelle, der Mona unterbrach: »Das können Sie sich sparen – ich hab den Kerl nämlich gesehen!«

Mit dieser Behauptung hatte offenbar niemand gerechnet. Alle Anwesenden warfen Fromm verblüffte Blicke zu. Er fuhr eifrig fort: »Ich schaute mich in der Deichstraße nach lohnenden Objekten um, als ich diesen Kerl aus dem Haus rennen sah. Er hätte beinahe eine Frau umgestoßen, die gerade klingelte. Ich hatte ein mieses Gefühl, da drin musste etwas Schlimmes passiert sein. Wenn man in meiner Branche arbeitet, sollte man auf die innere Stimme hören. Deshalb machte ich um das Haus einen großen Bogen.«

»Und was ist mit dem Mann? Können Sie ihn beschreiben?«

»Nee, noch viel besser, Frau Sander – ich habe ihn fotografiert!«

*

Mona schaute den Verdächtigen prüfend an. Ob er sie auf den Arm nehmen wollte? Das würde sich leicht herausfinden lassen.

»Das müssen Sie uns genauer erklären«, bat sie.

»Ich war neugierig geworden«, fuhr Fromm fort, »und ich fragte mich natürlich, was in dem Haus geschehen war. Hineingehen wollte ich nicht, davon versprach ich mir nichts. Also beschloss ich, dem Kerl nachzugehen. Er merkte nicht, dass ich ihn verfolgte. Wie hätte er auch darauf kommen sollen? Der Typ war mir ja völlig unbekannt.«

»Was versprachen Sie sich davon, die Person zu beschatten?«, fragte Enno. Seiner Stimme war die Skepsis deutlich anzuhören. Er fügte hinzu: »Sie waren auf Beute aus, wenn ich das richtig sehe. Wäre es dann nicht sinnvoller gewesen, noch weitere Häuser für einen Raubzug auszuspähen?«

»Sie haben recht, Herr Moll – und nach ein paar Minuten fragte ich mich ernsthaft, ob ich nicht einfach nur meine kostbare Zeit verschwenden würde. Aber dann zog der Kerl plötzlich seine Kapuzenjacke aus und warf sie in den Müll. – Ich meine, warum tut man so etwas? Wenn einem zu warm ist, dann nimmt man sie in die Hand, oder? Also dachte ich mir, dass er eine Personenbeschreibung fürchten musste – wenn nämlich Bul... äh, Polizisten hinter ihm her sind.«

Es fiel Fromm gewiss nicht schwer, die Überlegungen eines Kriminellen nachzuvollziehen – schließlich stand er selbst mit dem Gesetz auf Kriegsfuß. Dies führte die Ermittlerin sich vor Augen, als sie nachhakte: »Sie haben die Frage meines Kollegen noch nicht beantwortet.«

»In meiner Branche hält man ständig nach Gelegenheiten Ausschau«, erwiderte der Ganove, »und mir fiel spontan ein, dass ich den Mann später erpressen könnte. Zuvor hätte ich natürlich herausfinden müssen, was er getan hatte. Es wäre ja auch möglich gewesen, dass es einen harmlosen Ehestreit gegeben hatte. Aber deshalb wirft man doch kein Kleidungsstück weg.«

»Und wie kam es dazu, dass Sie die Person fotografieren konnten?«, wollte Freddy Lurke wissen. Mona konnte von seinem Gesicht nicht ablesen, ob er die Geschichte des Verdächtigen glaubte oder nicht.

Fromm antwortete: »Der Typ lief eine Zeitlang kreuz und quer durch den Ortskern. Wahrscheinlich wollte er sich vergewissern, ob jemand hinter ihm her war. Aber ich sehe ja nicht gerade wie ein Polizist aus. Jedenfalls roch er keine Lunte. Nachdem er ungefähr eine Viertelstunde lang herumgelatscht war, steuerte er auf diesen großen Parkplatz Am langen Wasser zu. Ich blieb stehen und tat so, als ob ich eine Textnachricht schreiben würde. Der Kerl stieg in einen Toyota mit Frankfurter Kennzeichen. Ich hatte mich in der Nähe der Ausfahrt platziert. Als die Karre an mir vorbeifuhr, machte ich ein paar Bilder.«

»Wir sind gespannt.«

Mit diesen Worten zog Mona Fromms Handy aus dem Beweismittelbeutel und gab es ihm. Er schaltete es an und tippte die PIN ein. Dann suchte er kurz im Fotoverzeichnis und reichte das Gerät an Mona zurück. Enno und Freddy schauten über ihre Schultern, um das Bild ebenfalls betrachten zu können. Darauf war ein ungefähr vierzig Jahre alter dunkelblonder Mann zu sehen, der eine Sonnenbrille trug und am Lenkrad des Wagens saß. Mindestens genauso wichtig war, dass man das PKW-Nummernschild deutlich erkennen konnte. Dr. Paulsen hatte während der letzten Minuten die Befragung seines Mandanten unkommentiert gelassen. Nun öffnete der Strafverteidiger wieder den Mund: »Herr Fromms Kooperationsbereitschaft sollte unbedingt bei der Beurteilung der Gesamtsituation berücksichtigt werden. Wenn er durch seine Angaben und die freiwillige Herausgabe von Fotomaterial zur Aufklärung von zwei Tötungsdelikten beiträgt, dann muss sich dies positiv auf das Strafmaß auswirken.«

»Seien Sie unbesorgt – Dankbarkeit ist uns Inselfriesen nicht fremd«, versicherte Enno.

Und Mona fügte hinzu: »Zunächst müssen wir die Angaben erst einmal überprüfen. Dann sehen wir weiter.«

Da Fromm geständig war und auf dem Festland über einen festen Wohnsitz verfügte, konnte er nach dem Verhör auf freien Fuß gesetzt werden. Eine Frage hatte die Kommissarin aber doch noch: »Ich sehe, dass Sie einen Ehering tragen. Was sagt eigentlich Ihre Frau zu Ihrer Berufstätigkeit?«

Der Anwalt wollte schon dazwischenfahren, aber der Ganove antwortete bereitwillig: »Rita und ich sind schon seit längerer Zeit getrennt. Ich trage den Ehering trotzdem weiter, er lässt mich seriöser wirken.«

Ob er das selbst glaubt?, fragte Mona sich. Es dauerte noch eine Weile, bis der Anwalt das schriftliche Protokoll der Befragung geprüft und abgesegnet hatte. Dann musste Fromm unterschreiben. Er machte aus seiner Erleichterung kein Hehl.

»Heute laufen noch eine Fähre und ein Katamaran nach Emden aus«, teilte Enno ihm mit, »und ein Schiff fährt nach Eemshaven in den Niederlanden.«

Fromm verstand den Wink mit dem Zaunpfahl: »Sie werden mich auf dieser Insel nie wiedersehen, Herr Moll. – Und ich hatte wirklich nicht vor, Ihrer Frau etwas anzutun.«

Das kann ja jeder sagen, dachte Mona. Dr. Paulsen beendete die Situation, indem er seinen Mandanten aus der Polizeiwache schob.

»Ein Krimineller als ›Hilfssheriff‹«, murmelte Freddy, »ich hoffe, dass die Fotos euch etwas nützen.«

Auch der Norderneyer Oberkommissar verabschiedete sich nun. Sein Teil des Falls konnte als erfolgreich abgeschlossen betrachtet werden. Der größte Erfolg bestand für ihn natürlich darin, dass die bestohlenen Opfer ihr Eigentum zurückbekommen konnten. Mona und Enno versicherten, bei Gelegenheit auf der Nachbarinsel vorbeizuschauen. Als sie in ihr Dienstzimmer zurückkehrten, rieb Enno sich die Hände: »Mal sehen, was die Halterabfrage ergibt.«

Es dauerte nicht lange, bis das Ergebnis vorlag. Der Toyota war auf einen gewissen Lars Töpfer zugelassen. Nachdem der Ostfriese diesen Namen erfahren hatte, jagte Mona ihn durch die polizeilichen Datenbanken: »Töpfer ist vor sieben Jahren wegen Körperverletzung verurteilt worden. Danach ist er entweder nicht mehr straffällig geworden oder wurde nicht mehr erwischt.«

»Auf jeden Fall sollten wir uns dringend mit dem Herrn unterhalten«, meinte der Oberkommissar.

Seine Kollegin sagte: »Ich will nur noch nachschauen, wo er aktuell arbeitet. Das geht aus seiner Strafakte nicht hervor, aber vielleicht ist Töpfer ja in den sozialen Medien aktiv. Man glaubt ja kaum, welche höchst privaten Daten die Menschen dort immer preisgeben – ah, da haben wir ihn schon. Töpfer scheint auf Fotos mit nacktem Oberkörper zu stehen, und … das ist ja ein Hammer!«

»Wie meinst du das, Mona?«

»Töpfer ist bei *Lorenz Filter* angestellt, als Lagerist!«

Kapitel 14

Enno stieß langsam die Luft aus den Lungen: »Jetzt wird es wirklich interessant ... angeblich ist doch Timo der Einzige in seiner Familie, der von der verschollenen Schwester Merle weiß. Hat er einen Handlanger beauftragt, um sie aus dem Weg zu räumen? Oder war es sein Bruder Benjamin?«

Die Kommissarin war skeptisch: »Selbst wenn einer der Brüder der Drahtzieher ist – warum musste Katja ebenfalls sterben? Es gibt keine Verbindung zwischen ihr und dem Millionenerbe, sie hätte niemandem in die Quere kommen können.«

Der Oberkommissar sagte: »Ich schlage vor, dass du herausfindest, ob dieser Töpfer sich noch auf der Insel aufhält. Ich werde inzwischen der Sache mit Merles Geschäftstermin weiter nachgehen.«

»Ja, so machen wir es«, stimmte die Ermittlerin zu. Sie eilte erneut zur Touristeninformation hinüber und erkundigte sich nach Lars Töpfer. Er hatte vom 26. bis 28. August im Hotel *Zu den Gezeiten* gewohnt. Dies war natürlich noch kein Beweis dafür, dass der Verdächtige sich nicht mehr auf der Insel aufhielt. Aber – warum sollte er noch auf Borkum bleiben, wenn sein Auftrag im Mord an den beiden Frauen bestanden hatte? Mona bedankte sich bei den Mitarbeitern der Touristeninformation und ging gedankenverloren zur Wache zurück. Sie musste unbedingt mit Timo reden, um mehr über seinen Bruder zu erfahren. Oder hatte sie es mit einem ganz besonders raffinierten Mordkomplott zu tun? Sprach irgendetwas dagegen, dass der Artist die beiden Verbrechen eingefädelt hatte? Welchen Beweis gab es für seine Unschuld – abgesehen davon, dass sie ihn sympathisch fand? Als die Kommissarin wenig später in ihr Dienstzimmer zurückkehrte, telefonierte der Oberkommissar immer noch. Er schaltete den Lautsprecher ein, sodass sie den Wortwechsel mithören konnte.

»Die Person heißt Merle Levers. Es ist natürlich denkbar, dass sie unter einem Künstlernamen auftritt. Ich habe Ihnen soeben ein Foto zukommen lassen«, sagte Enno gerade. Dann schaltete er kurz das Telefon auf stumm und wandte sich an Mona: »Ich spreche gerade mit einem Kollegen im Präsidium Bremen. Merle hat dort offenbar in einem Fünf-Sterne-Hotel genächtigt.«

Dann aktivierte er die Telefonverbindung wieder. Der Polizist aus der Hansestadt erklärte: »Ich habe mir das Bild jetzt angeschaut, Herr Moll. Die Frau ist mir völlig unbekannt. Natürlich wissen wir von einigen Edel-Prostituierten, die in unserer Stadt ihren Geschäften nachgehen. Aber ich würde niemals behaupten wollen, dass wir alle Frauen erfasst haben, die in diesem Gewerbe tätig sind. Wenn sie sich diskret verhalten und keinen Ärger mit ihren Kunden bekommen, ist es fast unmöglich, einen Überblick zu behalten. Falls es zu Beischlafdiebstahl, Gewalttaten oder anderen Delikten kommt, werden wir natürlich tätig.«

»Immer vorausgesetzt, dass eine Strafanzeige erfolgt«, meinte Enno.

»Ja, darin besteht das eigentliche Problem«, bestätigte der Bremer. »Die Hotels haben ebenfalls ein Interesse an ihrem guten Ruf. Aber wenn eine Dame und ein Herr sich dort an der Bar verabredet haben und dann gemeinsam auf ein Zimmer gehen, sind auch den Beherbergungsbetrieben die Hände gebunden. Zumal die Sexarbeiterinnen in der gehobenen Preisklasse ganz seriös gekleidet sind und über gute Manieren verfügen.«

Mona versuchte einen Moment lang, sich Merle Levers als eine Luxusprostituierte vorzustellen. Und dann fiel ihr eine verblüffend einfache Lösung des Problems ein: »Enno, wir müssen einfach nur auf das Obduktionsergebnis der Toten warten. Die Gerichtsmediziner werden feststellen können, ob diese Frau in den letzten vierundzwanzig Stunden vor ihrer Ermordung Sex hatte oder nicht.«

»Das ist mir bewusst. Allerdings wird dadurch nichts darüber ausgesagt, ob sie sich für das Beisammensein hat bezahlen lassen oder nicht«, gab Enno zu bedenken. Er fuhr fort: »Mir ist aufgefallen, dass Merle Levers' Unternehmensberatung äußerst diskret vorgehen muss. Ich frage mich, wie sie neue Klienten gewinnt. Es gibt keine Homepage, die sich mit ihr in Verbindung bringen lässt. Und bei der Industrie- und Handelskammer ihrer Heimatstadt ist keine Firma eingetragen, die ihr gehört oder bei der sie Geschäftsführerin wäre.«

»Lass uns die Frage nach Merles Lebensunterhalt zunächst zurückstellen«, schlug die Kommissarin vor. Sie berichtete vom Ergebnis ihrer Recherche bei der Touristeninformation und fügte hinzu: »Wenn dieser Lars Töpfer offiziell bei *Lorenz Filter* angestellt ist, dann müsste er dort Urlaub genommen haben und wieder an seinen Arbeitsplatz zurückkehren. Dort oder in seiner Wohnung können wir ihn von den Frankfurter Kollegen festnehmen lassen. Wir benötigen eine DNA-Probe von Töpfer. Falls er die Herausgabe verweigert, erwirken wir einen Gerichtsbeschluss. Und sobald es eine Übereinstimmung mit den Spuren an dem Kapuzenpullover gibt, sitzt er richtig in der Tinte.«

»Dann bist du also überzeugt, dass er der Täter ist, Mona?«

»Ja, wobei ich Töpfer nur für einen Erfüllungsgehilfen halte. Er wurde meiner Meinung nach bezahlt, entweder von Ben Lorenz ...«

Sie zögerte, daher vollendete der Ostfriese an ihrer Stelle den Satz: »Oder von Timo Lorenz. – Diese Vorstellung fällt dir nicht leicht, oder?«

Bei jedem anderen Menschen hätte der letzte Satz die Ermittlerin aus der Haut fahren lassen. Sie wusste ja, dass sie den lebenslustigen Artisten durch eine rosarote Brille betrachtete – worunter ihre Selbstachtung gewaltig litt, denn eigentlich war sie immer sehr stolz auf ihren nüchternen Blick auf Tatverdächtige gewesen. Doch diesmal spielten ihre Emotionen verrückt.

Frühlingsgefühle mitten im Hochsommer sind reichlich deplatziert, dachte sie mit einem Anflug von Selbstironie.

»Rufst du in Frankfurt an, Mona? Ich nehme inzwischen mit dem gerichtsmedizinischen Institut Oldenburg Kontakt auf. Vielleicht sind die Kollegen mit der Leichenschau der beiden Opfer ja schon weitergekommen.«

Die Kommissarin nickte. Jetzt war nicht die Zeit und der Ort, ihre eigenen Gefühle zu analysieren. Sie benötigte weitere Fakten, um diesen unübersichtlichen Fall endlich abschließen zu können. Also nahm sie Kontakt mit dem Polizeipräsidium der hessischen Großstadt auf. Dort wurde sie an Hauptkommissar Klinger verwiesen. Mona stellte sich mit Namen und Dienstgrad vor, außerdem schilderte sie die wichtigsten Eckpunkte des Falls.

»Es geht also darum, diesen Töpfer festzunehmen und sein Alibi für die beiden Tatzeiten zu überprüfen?«, vergewisserte Klinger sich.

Die Ermittlerin antwortete: »So ist es. Theoretisch kann Töpfer beide Morde nicht begangen haben – allerdings sah eine Zeugin ihn vom Tatort des zweiten Verbrechens weglaufen. Vielleicht ist er ja mit der Herausgabe einer DNA-Probe einverstanden. Falls nicht, sollten wir noch einmal telefonieren.«

Mona nannte dem Kollegen natürlich auch die Privatadresse des Verdächtigen sowie den Firmensitz von *Lorenz Filter*. Klinger versprach, sich zu melden, sobald Töpfer verhaftet worden war. Die Kommissarin bedankte sich und beendete das Telefonat. Enno hatte den Hörer noch am Ohr. Von seinem Gesichtsausdruck konnte Mona ablesen, dass ihm ein neues Rätsel unterbreitet worden war. Nachdem auch er sein Gespräch zu Ende geführt hatte, fragte sie: »Was gibt es Neues aus Oldenburg?«

»Die gute Nachricht zuerst«, begann der Oberkommissar mit seiner üblichen Zuversicht, »beide Frauen hatten mutmaßliche Täter-DNA unter ihren Fingernägeln. Diese wurde an die Kriminaltechnik weitergeleitet. Sobald wir eine Vergleichsprobe haben, könnten wir den Mörder auf diese Weise überführen. – Unsere Vermutung bezüglich Merles Rotlichtberuf scheint hingegen nicht haltbar zu sein. Sie hatte laut dem Gerichtsmediziner in den letzten Tagen und Nächten vor ihrem Tod keinen Geschlechtsverkehr, weder freiwillig noch erzwungen. Allerdings ist es auch möglich, dass Praktiken angewendet wurden, bei denen es nicht zum Austausch von Körperflüssigkeit kam. Oder sie wurde nur als Abendbegleitung gebucht. – Wie auch immer, Katja Brunk hingegen muss in den Stunden vor ihrem Tod noch mit einem Mann zusammen gewesen sein.«

Kapitel 15

Diese Information musste Mona erst einmal sacken lassen. Sie hakte nach: »Gibt es Hinweise auf Missbrauch?«

Der Ostfriese schüttelte den Kopf: »Laut Obduktionsergebnis soll der Liebesakt bei ihr einvernehmlich gewesen sein. Es konnten Spermareste gesichert werden, also können wir durch einen DNA-Abgleich ihren Partner ermitteln.«

Die Kommissarin dachte laut nach: »Nach unserem aktuellen Kenntnisstand kommen zwei Kandidaten infrage: Entweder Pascal Ritter, dem seine Ex-Frau Iris Grams ein falsches Alibi gegeben hat – oder Timo, der anscheinend doch nicht nur auf dem Wohnzimmersofa der beiden Frauen genächtigt hat.«

Enno erwiderte: »Aber warum hätte uns der Artist verschweigen sollen, dass er mit Katja geschlafen hat? Aus Scham? Oder um nicht unter Mordverdacht zu geraten, weil ein intimes Verhältnis zwischen Timo und Katja uns ein mögliches Motiv für die Tat geliefert hätte.«

»Vielleicht eine Mischung aus beidem«, murmelte Mona. Und sie musste sich eingestehen, dass ihr eigener Verdacht gegen Timo sich bereits abgeschwächt hatte, nachdem er eine Affäre mit den beiden Frauen abstritt. Sie hielt es im Büro nicht mehr aus und stand auf.

»Willst du Ritter auf die Bude rücken?«, fragte der Ostfriese.

»Du sagst es«, gab sie zurück. »Zwar könnte ich ihm auch telefonisch die Leviten lesen, aber das mache ich lieber Auge in Auge. Außerdem möchte ich mir die Beine vertreten. Kommst du mit?«

»Das lasse ich mir nicht entgehen«, versicherte er und fügte schnell hinzu: »Ich weiß, dass du mit einem Spargeltarzan wie Ritter problemlos allein fertigwerden könntest. Aber ich brauche ebenfalls Bewegung. Bekanntlich macht jeder Gang schlank.«

Mona lachte und verließ gemeinsam mit ihrem Kollegen die Wache. Während die Kommissare die Gleise der Kleinbahn überquerten und auf der Bismarckstraße Richtung Strand gingen, musste die Ermittlerin schon wieder an Timo denken. Was, wenn seine Selbstdarstellung als freiheitsliebender und unterhaltsamer Lebenskünstler nur eine Fassade war? Geld veränderte die Menschen, diese Annahme hatte Mona während ihrer Laufbahn als Polizistin schon oft bestätigt gefunden. Die Aussicht auf ein schnell erworbenes Vermögen ließ bisher rechtschaffene Bürger wie durch Zauberschlag zu skrupellosen Verbrechern werden. Auch Timo wäre in der Lage gewesen, mit Lars Töpfer Kontakt aufzunehmen und ihn mit den beiden Morden zu beauftragen. Wobei die Kommissarin nach wie vor nicht verstand, aus welchem Grund Katja hatte sterben müssen. Aus Sicht des Täters musste Merle aus dem Weg geräumt werden, wenn es um das Millionenerbe ging. Aber warum war Katja erwürgt worden? Oder hatte Töpfer gar nicht beide Taten begangen? Er war nur kurz nach dem zweiten Mord gesehen worden, für Katjas gewaltsamen Tod mitten in der Nacht gab es keine Zeugen, auch nicht für die Zeit unmittelbar nach dem Verbrechen. Mona hatte uniformierte Kollegen damit beauftragt gehabt, die Nachbarschaft zu befragen. Konzentrierten die Kriminalisten sich fälschlicherweise auf nur einen Täter, während ein ganz anderer Katja auf dem Gewissen hatte?

Sie schob diese Überlegungen für den Moment beiseite, genoss lieber den salzigen Geschmack des Windes auf ihren Lippen und die Sonnenstrahlen auf ihrer Haut, als sie am Ende der Bismarckstraße angelangt waren und einen Panoramablick auf Strand und Nordsee hatten. An der Rezeption vom *Hotel Teutonia* erfuhren die beiden wenig später, dass Ritter zum Strand hinuntergegangen war.

»Er wollte einen Strandkorb mieten«, fügte die Angestellte hinzu.

»Als ob es von denen so wenige auf der Insel gäbe«, sagte Mona seufzend, nachdem die Ermittler das Hotel wieder verlassen hatten. Zwar gab es immer noch die Möglichkeit, Ritter einfach anzurufen. Aber die Kommissarin wollte ihm lieber persönlich entgegentreten.

Enno hob den rechten Zeigefinger und erwiderte lächelnd: »Mit etwas Glück hat Ritter den Korb bei unserem alten Freund Wilko Efken gemietet. Und auf dessen Gedächtnis kann man sich bekanntlich verlassen.«

An diese Möglichkeit hatte Mona nicht gedacht. Aber es stimmte natürlich, dass Ennos Sandkastenfreund Wilko nicht nur ein Strandkorbverleiher, sondern auch ein guter Beobachter war und über eine große Menschenkenntnis verfügte. Er hatte der Inselpolizei schon öfter mit wichtigen Hinweisen helfen können. Die Kommissare gingen erst zur Promenade und dann zum Strand hinunter. Wilko Efken stand vor seiner kleinen Bude. Er war schon von Weitem an seiner weißen Kapitänsmütze zu erkennen. Als die Ermittler auf ihn zutraten, nickte er ihnen zu: »Moin, ihr seht so dienstlich aus!«

»Wir sind wirklich beruflich hier«, bestätigte der Oberkommissar, »es geht um einen Mann, der eventuell einen Strandkorb bei dir gemietet haben könnte.« Diesen Worten ließ Enno eine Beschreibung von Ritter folgen.

Der Strandkorbvermieter nickte eifrig: »Ja, dem Vogel hab ich einen Korb vermietet. – Das ist der da vorn, WE 07!«

Wilko zeigte Richtung Brandung. Einen Steinwurf weit von den Kommissaren entfernt stand das Strandmöbel ein Stück weit abseits von anderen Körben oder Liegestühlen. Jemand, der in dem Strandkorb saß, konnte Mona und Enno nicht sehen, weil der Korb mit der Rückseite zur Promenade aufgestellt war. Der Ostfriese klopfte seinem Freund auf die Schulter: »Danke, Wilko. Wir müssen mal wieder gemeinsam einen heben gehen.«

»Ja, wenn die Hauptsaison vorbei ist«, kam die lachende Antwort.

Die Kommissare stapften durch den warmen Sand auf den Strandkorb zu. Wilko hatte sich nicht getäuscht. Ritter lümmelte in dem Korb. Er hatte das Fußteil nach vorn gezogen und den Korb so gedreht, dass Ritter im Schatten lag. Er schien zu schlafen oder die Augen geschlossen zu haben. Sehen konnte man das nicht, weil er eine Sonnenbrille trug. Außerdem war er mit einer Badehose bekleidet. Mona stieß mit ihrer Schuhspitze gegen das hölzerne Fußteil des Strandkorbs.

»Aufwachen, Herr Ritter! Wir müssen reden!«

Er schien wirklich geschlummert oder zumindest gedöst zu haben. Er zuckte zusammen, als ob ihn eine Feuerqualle berührt hätte: »Frau Sander, haben Sie mich erschreckt! Gibt es Fortschritte bei dem Mordfall?«

»Allerdings, Herr Ritter. Wir wissen jetzt, mit wem Katja Brunk vor ihrer Ermordung geschlafen hat – nämlich mit Ihnen!«

Dies war bisher nur eine Annahme. Doch Ritters Verhalten bewies ihr, dass sie richtiglag. Sein Schuldbewusstsein war für sie offensichtlich: »Nicht so laut, Frau Sander! Es muss ja nicht gleich der ganze Strand mitkriegen!«

Die Kommissarin hatte sich vor ihm aufgebaut, die Fäuste in die Hüften gestemmt. Aus weiterer Entfernung musste es so aussehen, als ob eine Ehefrau oder Freundin ihrem Liebsten gehörig die Meinung sagen würde. Enno hielt sich dezent im Hintergrund. Seine imposante Gestalt war ohnehin nicht zu übersehen. Der Zwei-Meter-Mann überragte rein körperlich die meisten Menschen, mit denen er zu tun hatte. Mona dämpfte ihre Stimme, aber nur unwesentlich: »Ich dachte, Sie wären so stolz auf Ihre Qualitäten als Liebhaber? Oder ist das Alibi, das Ihnen Ihre Ex-Frau gegeben hat, in Wirklichkeit Ihrer Fantasie entsprungen? Hat es die Wiedervereinigung der Eheleute im Hotelbett gar nicht gegeben?«

»Doch, die gab es«, behauptete Ritter. »Und Iris hat die Wahrheit gesagt, das schwöre ich. – Und auch ich habe nicht gelogen, sondern vielleicht nur etwas weggelassen.«

»Und was soll das gewesen sein?«, fragte Mona, obwohl sie die Antwort ahnte.

Zögernd öffnete Ritter erneut den Mund: »Ich … bin Katja begegnet – an dem Abend, bevor sie starb. Wir kamen einander auf der Deichstraße entgegen.«

»Rein zufällig natürlich«, warf Mona ironisch ein.

»Na ja, vielleicht nicht ganz, Frau Sander. Ich habe mich dort herumgedrückt. Dabei hoffte ich, dass Katja mir noch eine letzte Chance geben würde.«

»Waren Sie gar nicht in Eile? Sie wollten doch später noch Ihre Ex-Frau beglücken.«

»Das ist ein Missverständnis«, behauptete Ritter. »Iris' Besuch war nicht geplant. Sie kam spontan vorbei.«

»Eins nach dem anderen«, stellte Enno klar, »Sie wollten uns erst von dem Treffen mit Katja Brunk erzählen.«

»Ja, richtig. Im ersten Moment war sie abweisend und sagte, dass ich sie in Ruhe lassen sollte. Aber ich machte ihr klar, wie viel sie mir immer noch bedeutete. Und es ging ihr ähnlich. Das konnte ich ganz deutlich spüren. Vielleicht lag es auch an Merles Abwesenheit. Diese Frau hat immer einen Keil zwischen uns treiben wollen, da bin ich mir sicher. Und nun erfuhr ich von Katja, dass Merle einen Termin auf dem Festland hatte. Ich konnte mein Glück kaum fassen. Also wäre ich mit Katja im Ferienhaus ungestört! Ich musste noch ein wenig Beharrlichkeit zeigen, aber schließlich änderte sie ihre Haltung und nahm mich mit.«

Mona selbst hätte Ritters *Beharrlichkeit* wahrscheinlich eher als *Penetranz* bezeichnet. Aber darum ging es jetzt nicht. Sie forderte Ritter mit einer Handbewegung zum Weiterreden auf. Er sagte: »Als wir im Ferienhaus angekommen waren, kochten unsere alten Gefühle füreinander wieder hoch. Es kam, wie es kommen musste, wenn Sie verstehen. Doch später schien Katja erneut eine Kehrtwende machen zu wollen. Sie behauptete, einen Riesenfehler gemacht zu haben. Und ich hätte sie zu einer Dummheit verleitet. Ich weiß nicht, was plötzlich mit ihr los war.«

»Ja, wie könnte eine Frau nicht mit Ihnen schlafen wollen?«, spottete die Kommissarin. War Ritters Darstellung glaubhaft? Jedenfalls konnte keine Gewalt im Spiel gewesen sein, dies wäre bei der Obduktion nachzuweisen gewesen. Dass Ritter seine Ex-Freundin vermutlich mit Worten umgarnt hatte, stand auf einem anderen Blatt.

»Wie reagierten Sie?«, wollte Enno wissen.

»Ich verabschiedete mich tatsächlich, denn in der Situation war mit Katja nicht zu reden. Trotzdem betrachtete ich unsere Versöhnung als einen ersten Schritt in die richtige Richtung. Wie hätte ich ahnen können, dass ein feiger Mörder sie wenig später aus dem Leben reißen würde? Als eine Stunde nach meinem Aufbruch mein Handy klingelte, glaubte ich zuerst, dass Katja es sei. Stattdessen überraschte Iris mich mit der Nachricht, dass sie auf Borkum eingetroffen sei und die Nacht mit mir verbringen wollte. Ich holte sie vom Inselbahnhof ab. Natürlich wollte ich sie nicht vor den Kopf stoßen. Es wäre doch sehr enttäuschend für meine Ex-Frau gewesen, wenn sie die lange Überfahrt mit der Fähre umsonst gemacht hätte.«

Wie großmütig von dir! Und du hast natürlich überhaupt nichts davon gehabt – oder vielleicht doch?, dachte die Ermittlerin. Aber diesmal schaffte sie es, ihre Zunge im Zaum zu halten.

»Wann fand dieses Zusammentreffen zwischen Ihnen und Katja Brunk genau statt?«

»Am späten Nachmittag des 27. August, Herr Moll. So zwischen siebzehn und achtzehn Uhr.«

Ritters Angaben konnten durchaus stimmen, da das Opfer erst später getötet wurde. Die Obduktion hatte keine Änderung an dem ursprünglich angenommenen Todeszeitraum ergeben. Und ob nun Ritter an dem Abend mit einer oder zwei Frauen Sex gehabt hatte, würde die Mordermittlung nicht voranbringen. Das war aber vorher nicht abzusehen gewesen. Allerdings hatte Mona nun eine ganz andere Theorie im Hinterkopf: Wenn Katja bei Ritter so schnell schwach geworden war – wie sah es dann mit anderen Männern aus? Sie fragte: »Als Sie mit Katja liiert waren – also vor dieser einmaligen Sache auf Borkum –, sind Ihnen da andere Verehrer Ihrer Freundin aufgefallen?«

»Wie meinen Sie das?«, begehrte Ritter auf. »Wollen Sie behaupten, Katja sei ein Flittchen gewesen?«

»Das ist *Ihre* Denkweise, nicht meine«, stellte die Ermittlerin klar. »Ich hatte mir eigentlich vorgestellt, dass Katja im Gegensatz zu Ihnen treu war. Und deshalb wird sie Männer zurückgewiesen haben, als sie mit Ihnen zusammen war.«

»Ja, das stimmt«, murmelte Ritter nachdenklich, »da gab es einen Krankenpfleger in der Klinik, wo sie gearbeitet hat ... der hieß Stefan ... aber sein Nachname fällt mir nicht ein. Ich glaube, sie hat ihn nie erwähnt. Einmal habe ich ihn gesehen, als ich sie abgeholt habe. Er ist ziemlich groß, fast so wie Herr Moll ... aber dünner.«

»Das höre ich öfter«, meinte der Oberkommissar gleichmütig. Mona vermutete, dass es nicht allzu viele Krankenpfleger namens Stefan gab, die fast zwei Meter groß waren. Sie war sicher, das Alibi dieses Mannes durch einen Anruf überprüfen zu können.

»Meinen Sie, dass dieser Kerl etwas mit Katjas Tod zu tun haben könnte?«, wollte Ritter wissen. Die Kommissarin betonte: »Wir ermitteln in alle Richtungen. Falls Sie noch etwas wissen, das uns weiterhelfen könnte, sollten Sie unbedingt anrufen.«

Die beiden wandten sich von Ritter ab und kehrten zur Promenade zurück. Das Gespräch am Strand in der Sommerhitze hatte sie durstig gemacht. Sie gingen zur Milchbude *Hinni's Strandoase* und ließen sich im Schatten der Überdachung ein eiskaltes Mineralwasser schmecken. Da niemand in ihrer Nähe saß, sprach Mona weiter über den Fall: »Ich kriege diese beiden Morde nicht auf die Kette, Enno! Von der Logik her sage ich mir, dass es sich um denselben Täter handeln müsste, zumal die DNA-Reste unter den Fingernägeln der Opfer von nur einer Person sind.«

»Der Täter ist offenbar bei beiden Frauen nach einem ähnlichen Muster vorgegangen«, meinte der Oberkommissar. Er fuhr fort: »Merle stand wahrscheinlich mit dem Rücken zum Täter, jedenfalls deuten die Würgemale an ihrem Hals darauf hin. Sie hatte also viel schlechtere Möglichkeiten für eine Abwehr, als dies bei Katja der Fall war.«

»Das habe ich mir auch überlegt«, meinte Mona, »und meiner Meinung nach ist Erwürgen eine besonders körperliche Art des Tötens. Da sind viele starke Gefühle im Spiel, man will dem Opfer buchstäblich die zum Leben nötige Luft abdrehen. Das passt nicht zu einem Auftragskiller wie Töpfer – falls er denn überhaupt von einem der Lorenz-Brüder angeheuert wurde.«

Bevor die Ermittlerin weitersprechen konnte, klingelte ihr Smartphone. Ein Mitarbeiter des kriminaltechnischen Labors Oldenburg war am Apparat: »Moin, Frau Sander. Es geht um die Telefondaten des Mordopfers Merle Levers.«

Mona war ganz Ohr: »Ja?«

»Wir sind mit der Auswertung noch nicht ganz fertig. Aber ich könnte Ihnen schon mal eine Liste der letzten Telefonkontakte und Textnachrichten zukommen lassen.«

Kapitel 16

»Dafür bin ich Ihnen äußerst dankbar!«, versicherte die Kriminalistin. Der Spezialist versprach, ihr die Datei umgehend als Mailanhang zu schicken. Sie beendete das Telefonat und berichtete ihrem Kollegen, was sie soeben erfahren hatte.

»Nun wird sich zeigen, wie es um Merles Berufstätigkeit wirklich bestellt war«, vermutete Enno. »Ich bin gespannt, mit wem sie sich in Bremen getroffen hat.«

Mona nickte. Die beiden tranken schnell ihr Wasser aus und verließen die Holzplattform, auf der die Milchbude aufgebaut war. Am Ende der Sommersaison wurden diese mobilen Verkaufsstände demontiert und erst im Frühjahr des kommenden Jahres wieder neu errichtet. Die Kommissare eilten zur Polizeistation zurück. Nachdem die Ermittlerin das Dienstzimmer betreten hatte, schaltete sie ihren PC ein. Die Nachricht aus Oldenburg war schon eingetroffen. Mona druckte das Dokument aus, damit auch Enno es gleich lesen konnte. Er kam zu ihr herüber, nachdem er seine Brille aufgesetzt hatte.

»Das sind nicht viele Einzelverbindungsnachweise«, stellte der Ostfriese fest, während er sich über Monas Schulter beugte. Aus den Informationen gingen nur die Telefonnummern der Teilnehmer und die Länge der jeweiligen Gespräche hervor, außerdem Datum und Uhrzeit der Telefonate.

»Zumindest eine Nummer kann ich schon mal zuordnen«, sagte die Kommissarin, »nämlich die von Katja Brunk. Hier, das letzte Telefonat wurde am späten Vormittag des 27. August geführt. Es dauerte nur drei Minuten und zehn Sekunden. Wahrscheinlich hat Merle sich nur kurz bei ihrer Freundin gemeldet und Bescheid gegeben, dass die Fährüberfahrt gut verlaufen ist und sie nun ihre Reise nach Bremen im Mietwagen fortsetzen will.«

»Ja, das ist plausibel«, meinte der Oberkommissar. Er fuhr fort: »Mit diesem anderen Mobilanschluss hatte Merle mehrfach Kontakt, allerdings immer nur sehr kurz. Der letzte Anruf erfolgte am 27. August um 19.11 Uhr. Da könnten Merle und der Teilnehmer sich miteinander im Hotel verabredet haben. Ich werde erst einmal herauskriegen, wessen Telefonnummer das ist.«

Enno ging zu seinem eigenen Apparat hinüber und nahm Kontakt mit dem Mobilfunkanbieter auf. Zunächst sträubte sich dieser vor der Herausgabe – mit dem Hinweis auf Datenschutz. Doch der erfahrene

Kriminalist konnte sehr überzeugend sein: »Wir sind mit der Aufklärung eines Doppelmordes beschäftigt. Und es wäre sehr schön, wenn Sie uns dabei nach Kräften unterstützen. Ihre unbürokratische Unterstützung der Polizeiarbeit in einem Mordfall würde sich auch auf das Bild Ihres Unternehmens in der Öffentlichkeit sehr positiv auswirken.«

Nach einigem Zögern wurde Enno der Name des Anschlussteilnehmers mitgeteilt. Er lautete M. Bertoldi. Der Ostfriese bedankte sich und legte auf.

»M. Bertoldi also«, wiederholte Mona, die alles mitbekommen hatte. »Dies passt zu einigen Textnachrichten, die Merle mit einem gewissen M. B. ausgetauscht hat. – Hier, die erste Kontaktaufnahme durch die Person erfolgte vor drei Wochen: ›Ein Freund hat mir Ihre Nummer gegeben, er ist von Ihrer Diskretion überzeugt.‹ Das klingt doch nach einem untreuen Ehemann, der auf Nummer sicher gehen will, oder?«

»Die Formulierung lässt auch andere Rückschlüsse zu«, meinte Enno. »Die eigentliche Frage muss doch lauten, ob Merles Berufstätigkeit etwas mit ihrem gewaltsamen Tod zu tun hat.«

»Da bin ich ganz deiner Meinung«, erwiderte Mona. »Merle antwortet darauf, dass sie Bertoldis spezielle Wünsche am liebsten bei einem Treffen unter vier Augen klären würde. Das zeugt von Geschäftssinn, oder? Wenn er ihr erst einmal gegenübertritt und sie ihm um den Bart gehen kann, wird er wohl keinen Rückzieher mehr machen. Bertoldi will aber offensichtlich für sein Geld etwas haben. Seine Reaktion besteht aus einem Hinweis darauf, dass er schon öfter enttäuscht worden wäre und nicht wüsste, was ihn erwartet. Merle reagierte selbstbewusst. ›Ich bin mein Honorar wert‹ – so lautet die letzte Textnachricht von ihr. Danach haben der Teilnehmer und sie nur noch miteinander telefoniert. Ich vermute, dass sie ihm die Hoteladresse sowie Datum und Uhrzeit des Stelldicheins vorgeschlagen hat.«

»Ja, so wird es abgelaufen sein«, stimmte Enno zu. »Was hast du vor?«

Mona hielt nämlich bereits ihr Smartphone in der Hand.

»Ich werde dem Herrn jetzt mal auf den Zahn fühlen«, erklärte sie. Dann tippte sie die Zahlenfolge von M. Bertoldis Telefonnummer in ihr Gerät. Das Gespräch kam wenige Augenblicke später zustande.

»Bertoldi.«

Mona war perplex, denn eine Frauenstimme hatte sich gemeldet.

»Moin, ich möchte mit Ihrem Ehemann sprechen«, sagte die Ermittlerin.

»Ich bin nicht verheiratet, hier spricht Marion Bertoldi. – Woher haben Sie überhaupt diese Nummer? Wer sind Sie?«

»Mein Name ist Sander, ich bin Kommissarin bei der Polizei Borkum. Es geht um Merle Levers. Sie …«

»Ich kenne diese Person nicht. Suchen Sie sich ein anderes Opfer für Ihre Scherzanrufe. Ich lege jetzt auf.«

»Rufen Sie mich auf Festnetz zurück! Es geht um M…«

Bevor Mona den Satz beenden konnte, hatte Frau Bertoldi das Gespräch beendet. Die Kommissarin schluckte einen Fluch herunter. Enno ging zu seinem Computer hinüber. Er hatte alles mitbekommen und suchte nach dem Namen: »Also, eine Marion Bertoldi gibt es in Bremen tatsächlich. Die Dame ist laut Handelsregister die Alleininhaberin eines Import-Export-Unternehmens. Es scheint, als wäre Merles Rotlichtkarriere wirklich nur Ritters schmutziger Fantasie entsprungen. Merle scheint wirklich eine Unternehmensberaterin gewesen zu sein.«

»Nicht alle Frauen stehen auf Männer«, gab Mona zu bedenken, »und käuflicher Sex ist auch für manche Karrierefrauen kein Tabu.«

Der Kontakt mit Marion Bertoldi hatte die Ermittlerin verwirrt. Gab es ein Mordmotiv, das die Kriminalisten bisher unberücksichtigt gelassen hatten? Bevor sie diesen Gedanken weiterführen konnte, klingelte ihr Festnetztelefon. Sie nahm den Hörer ab.

»Sander.«

»Ich habe hier so eine arrogante Zimtzicke in der Leitung, die dich sprechen will«, kündigte Grietje auf ihre unvergleichliche Art an.

Es knackte, und gleich darauf meldete sich erneut eine Frauenstimme: »Hier spricht noch einmal Marion Bertoldi. – Ich muss mich bei Ihnen entschuldigen, Frau Sander. Da ich noch nie auf Ihrer Insel gewesen bin, verstand ich nicht, was die Polizei Borkum von mir will. Daher ging ich von einem schlechten Witz aus. Aber nun musste ich feststellen, dass Sie wirklich Kommissarin sind. Womit kann ich Ihnen denn behilflich sein?«

Das hatte ich eigentlich gerade schon gesagt, dachte Mona. Ihr war aufgefallen, dass Marion Bertoldi jetzt wesentlich entgegenkommender klang als bei dem kurzen telefonischen Kontakt zuvor. Dafür konnte es verschiedene Gründe geben – beispielsweise, weil diese

Dame grundsätzlich ein netter Mensch war. Oder weil sie etwas zu verbergen hatte und die Polizei nicht unnötig auf sich aufmerksam machen wollte. Die Kommissarin erklärte:»Ich muss Ihnen leider mitteilen, dass Merle Levers tot ist. Wir gehen von einem Gewaltverbrechen aus. Von Ihnen möchte ich erfahren, in welchem Verhältnis Sie zu ihr standen.«

Einen Moment lang herrschte Stille. Man hörte nur den Verkehrslärm im Hintergrund. Marion Bertoldi schien sich in einem Raum an einer vielbefahrenen Straße zu befinden. Als Mona schon nachhaken wollte, fragte die Unternehmerin:»Sie unterstellen mir, in dieses Verbrechen verwickelt zu sein?«

»Ich unterstelle gar nichts, Frau Bertoldi. Aber wir wissen, dass Sie Merle Levers am 27. August in Bremen getroffen haben. Ich möchte wissen, worum es bei dieser Zusammenkunft ging.«

Genau genommen war es nur eine Vermutung, dass die beiden Frauen einander begegnet waren. Dies erschien Mona lediglich als die naheliegendste Möglichkeit, wenn man die bisher bekannten Fakten berücksichtigte. Marion Bertoldis Reaktion zeigte jedenfalls, dass sie sich nicht geirrt hatte:»Es handelte sich um ein Geschäftsessen in einem Hotelrestaurant, Frau Sander.«

Die Kommissarin rollte mit den Augen, was die Unternehmerin natürlich nicht sehen konnte.

»Ich kann Ihnen weiterhin jeden Satz einzeln aus der Nase ziehen, Frau Bertoldi. Oder Sie bekennen Farbe und sagen mir, worum es bei dem Treffen konkret ging. Wenn Sie mit dem Mord nichts zu tun haben, müssen Sie die Justiz nicht fürchten. Mich würde vor allem interessieren, warum Sie so auf Diskretion bedacht waren. Das wissen wir, weil Frau Levers' Smartphone von uns ausgewertet wurde.«

Nicht jeder Gesprächspartner konnte mit Monas direkter Art umgehen. Natürlich konnte Marion Bertoldi mauern und überhaupt keine Informationen mehr preisgeben. Wenn die Unternehmerin auf Zeit spielte und einen Rechtsanwalt einschaltete, hatte die Kriminalistin für den Moment überhaupt nichts gewonnen. Aber Frau Bertoldi schien sich für einen anderen Weg entschieden zu haben. Sie sagte:»Ich habe nichts zu verbergen, Frau Sander. – Frau Levers war eine renommierte Expertin für Steueroptimierung. Sie werden verstehen, dass ich den Umbau meiner Firmenstruktur nicht an die große Glocke hängen möchte. Ein Freund von mir war sehr zufrieden mit den Diensten dieser Unternehmensberaterin. Sie bekommt ihre

Klienten offenbar ausschließlich durch Mundpropaganda. Es ging also darum, wie ich in Zukunft weniger Gewerbesteuer und Einkommenssteuer zahlen muss. Sie wollte mir dafür einen Plan erstellen.«

Steueroptimierung war in Monas Augen nur ein schönfärberischer Ausdruck für *Steuerhinterziehung*. Dies war immerhin eine plausible Erklärung dafür, dass Merle Levers in der Öffentlichkeit nicht die Werbetrommel für ihre fragwürdigen Dienste rührte. Die Kommissarin stellte klar: »Ich bin Kriminalbeamtin und keine Steuerfahnderin. Hatten Sie über den beruflichen Kontakt hinaus ein persönliches Verhältnis zu Merle Levers?«

»Nein, Frau Sander. Ich bin ihr ein einziges Mal begegnet, nämlich an jenem Abend in Bremen.«

»Wie war Ihr Eindruck von Merle Levers? Wirkte sie bedrückt oder gehetzt? Schien sie sich zu fürchten oder von jemandem verfolgt zu werden?«

»All diese Annahmen kann ich verneinen, Frau Sander. Ich hatte ein sehr positives Bild von der Unternehmensberaterin. Sie kam mir konzentriert und professionell vor. Sie stellte die richtigen Fragen und schien sehr zielgerichtet und kompetent zu sein.«

Diese Aussage deckte sich mit Monas eigenem Eindruck. Sie erinnerte sich an ihr letztes Gespräch mit dem späteren Mordopfer. Merle Levers hatte sehr resolut gewirkt – und kein gutes Haar an Timo Lorenz gelassen. War es leichtfertig gewesen, dies einfach zu ignorieren? Hätte der zweite Mord verhindert werden können? Diese Fragen waren alles andere als angenehm. Dennoch musste Mona sich damit befassen. Während sie mit Marion Bertoldi telefonierte, blieb Enno nicht untätig. Er hatte sich die Liste geschnappt und war offenbar damit beschäftigt, die übrigen Personen zu ermitteln, mit denen das Verbrechensopfer während der letzten Tage vor seinem Tod Kontakt gehabt hatte.

»Wie sind Sie mit Merle Levers verblieben?«, wollte die Kommissarin von der Unternehmerin wissen.

»Sie wollte mir ein Angebot zukommen lassen – aber daraus wird jetzt wohl nichts mehr«, lautete die Antwort. Mona fand diesen Satz reichlich gefühllos – auch wenn die beiden Frauen einander kaum gekannt hatten. Ein Mordmotiv ließ sich bei Marion Bertoldi momentan allerdings nicht erkennen. Ob Merle Levers sich wirklich als Beraterin für Steuerhinterzieher betätigt hatte, würde sich bei der Überprüfung ihrer übrigen Kontakte herausfinden lassen. Mona nahm sich vor, dem Finanzamt einen heißen Tipp zu geben. Auch wenn sie dort nicht arbeitete – sie sah nicht ein, dass eine Person wenig Steuern zahlte, nur weil er oder sie sich eine teure Spezialistin leisten konnte. Merle Levers' Auftreten ließ jedenfalls darauf schließen, dass sie sich ihre Dienste reichlich hatte belohnen lassen.

»Falls Ihnen noch etwas zu Ihrer Geschäftspartnerin einfällt, können Sie mich jederzeit kontaktieren.«

Mit dieser Floskel beendete Mona das Telefonat. Immerhin konnte sie nun davon ausgehen, dass Merle keine Prostituierte gewesen war. Aber was nützte diese Erkenntnis? Marion Bertoldi konnte als Tatverdächtige getrost ausgeklammert werden – und woher hätte die Inhaberin einer Bremer Import-Export-Firma den Täter Lars Töpfer kennen sollen? Alles schien immer mehr auf Timo oder seinen Bruder als Anstifter hinauszulaufen. Enno legte auch gerade seinen Telefonhörer auf und sagte: »Merle hat am 22. August ein sieben Minuten und dreiunddreißig Sekunden dauerndes Gespräch geführt – und zwar rief sie ein Smartphone an, dessen Nummer auf Benjamin Lorenz registriert ist!«

114

Kapitel 17

Diese Neuigkeit passte zu Monas eigenen Überlegungen. Eigentlich hätte sie sich darüber freuen sollen, weil sie Timo insgeheim immer noch für unschuldig hielt. Doch momentan machte sich bei ihr nur Verblüffung breit: »Das verstehe ich nicht. Timo hat doch behauptet, sein Bruder hätte nichts von der unehelichen Schwester gewusst.«

Der Ostfriese zuckte mit den Schultern und erwiderte: »Das kann der Artist ja durchaus *geglaubt* haben. Aber warum sollte Ben Lorenz nicht ebenfalls auf das unerwünschte Familienmitglied aufmerksam geworden sein? Auch er könnte das Tagebuch entdeckt haben – oder es gab noch andere Aufzeichnungen, von denen wiederum Timo nichts wusste.«

»Gut, das verstehe ich – aber warum hat er Merle oder sie ihn angerufen?«, dachte Mona laut nach. Enno erwiderte: »Das fragen wir Ben Lorenz am besten selbst, indem wir ihn vorladen lassen. Aber zunächst möchte ich mit Timo sprechen. Wir sollten herausfinden, ob er von dem Kontakt zwischen Merle und seinem Bruder wusste.«

Die Kommissarin war einverstanden. Bevor die beiden Richtung Ostland aufbrachen, rief sie noch schnell in dem Krankenhaus an, in dem Katja gearbeitet hatte. Sie erkundigte sich nach dem Arbeitskollegen Stefan, der von der jungen Frau zurückgewiesen worden war. Das Gespräch dauerte nicht lange. Nachdem Mona aufgelegt hatte, sagte sie zu Enno: »Diesen langen Lulatsch Stefan können wir als Verdächtigen definitiv ausschließen. Er leidet unter einer fiebrigen Infektion und ist momentan bettlägerig. Keine gute Voraussetzung, um nach Borkum zu reisen und sich dafür zu rächen, dass er verschmäht wurde.«

»Immerhin bist du auch diesem Hinweis nachgegangen«, stellte Enno lächelnd fest, »Oltbeck kann nicht behaupten, dass wir nicht alle Register ziehen würden.«

Die Kommissare wollten nun das Dienstzimmer verlassen, aber jetzt klingelte Monas Telefon auf dem Schreibtisch erneut.

»Man kommt hier doch zu nichts!«, schimpfte die Kriminalistin und griff zum Hörer. Sie meldete sich mit Namen und Dienstgrad.

Der Frankfurter Polizeikollege war am Apparat: »Ich wollte Ihnen nur kurz mitteilen, dass wir Lars Töpfer verhaften konnten. Er hat sich bei der Festnahme widersetzt, außerdem war noch ein Haftbefehl wegen eines anderen Delikts gegen ihn offen. Er verweigert die Aussage. Aber wir haben ihn erst einmal im Gewahrsam.«

»Mit dieser Neuigkeit haben Sie mir den Tag gerettet!«, flötete Mona. »Wir haben einige Hinweise auf seinen möglichen Anstifter. Sobald ich mehr weiß, rufe ich Sie wieder an!«

»Es geht vorwärts«, meinte Enno, der alles mitbekommen hatte, wenig später. Die beiden stiegen in ihren Dienstwagen, und der Oberkommissar startete den Motor. Auf der Fahrt zu Gudrun Wellings Ferienhaus sprach er weiter: »Wenn Töpfer clever ist, dann wird er gegen seinen Auftraggeber aussagen. Das heißt, eigentlich muss noch nicht mal er selbst intelligent sein. Es reicht, wenn er einen klugen Strafverteidiger hat. Wir müssen dem Herrn Juristen deutlich machen, dass sein Mandant einen Kapuzenpullover zurückgelassen hat und sich außerdem seine DNA-Reste unter den Fingernägeln der beiden Opfer befinden werden. Dann kann Töpfer seine Lage eigentlich nur noch verbessern, indem er den reuigen Sünder mimt und seinen Anstifter verpfeift.«

»Ich bin froh, dass der Kerl erst einmal hinter Schloss und Riegel sitzt«, erwiderte Mona, »und dann werden wir hoffentlich bald erfahren, ob er nun beide Morde begangen hat oder nicht. Denn diese Frage ist für mich immer noch nicht geklärt.«

Enno nahm den Fuß vom Gaspedal, als das Auto sich dem einsam gelegenen Ferienhaus näherte. Das Fahrrad lehnte an der Wand, also schien Gudrun Welling daheim zu sein. Natürlich war es auch möglich, dass sie sich an den nahegelegenen Strand begeben hatte. Zu Fuß konnte man ihn innerhalb weniger Minuten erreichen.

Oder sie liegt mit ihrem jugendlichen Liebhaber im Bett, dachte die Kommissarin. Sie stellte sich schon darauf ein, von der Urlauberin angefaucht zu werden. Die Ermittler stiegen aus dem Auto und gingen auf die Eingangstür zu. Enno wollte schon klingeln, als er plötzlich in der Bewegung verharrte. Er drehte sich zu seiner Kollegin um und legte den Zeigefinger an seine Lippen. Mit der anderen Hand deutete der Ostfriese auf die Natursteinfliesen, die von der Tür zur Straße führten. Obwohl Mona schräg hinter ihrem Kollegen stand, konnte sie die Flecken auf der Steinschwelle deutlich sehen. Es war Blut. Der Oberkommissar zog seine Dienstwaffe. Er spähte durch das Fenster links neben dem Eingang, dann wandte er sich erneut Mona zu und schüttelte den Kopf. Offenbar hatte er niemanden sehen

können – aber durch das Fenster hatte man nur ein sehr einge-
schränktes Blickfeld. Die Kommissarin zog wieder eine Haarnadel
hervor und machte Enno mit Gesten deutlich, dass sie versuchen
wollte die Tür zu öffnen. Er trat zur Seite. Im Näherkommen stellte
Mona fest, dass das Blut noch nicht getrocknet war. Dies war in ihren
Augen positiv zu bewerten – wer immer blutend das Haus betreten
oder verlassen hatte, konnte dies erst vor kurzer Zeit getan haben.
Die Kriminalistin bog das Drahtstück zurecht und begann damit, im
Schloss zu stochern. Die Tür war alt, die Schließvorrichtung ebenfalls. Mona hielt sich nicht für eine begnadete Einbrecherin. Doch
immerhin schaffte sie es, innerhalb weniger Minuten die Tür aufzu-
bekommen. Sie drückte mit der Schulter gegen das Holz, während
sie gleichzeitig ihre Pistole aus dem Holster holte. Die Kommissare
hatten nicht die geringste Ahnung, was sie im Inneren erwarten
würde. Wenn ein Täter noch vor Ort war, wäre es am besten, ihn zu
überrumpeln und gewaltlos außer Gefecht zu setzen. Und dafür war
es notwendig, so leise wie möglich vorzurücken. Die Kommissarin
hoffte, dass ihr minutenlanges Hantieren an dem Schloss unbemerkt
geblieben war. Die Tür schwang mit einem leisen Knarren auf. Mona
verharrte einen Moment lang lauschend. Im Haus war es totenstill.
Die Kommissarin bewegte sich auf den morschen Holzdielen vorwärts, indem sie ihre Füße langsam aufsetzte und dann auf den Bal-
len abrollte. Enno folgte ihrem Beispiel. Sie fand es immer wieder
erstaunlich, wie leise dieser schwere und massige Mann vorwärts-
schleichen konnte, wenn es notwendig war. In der Küche sahen sie
niemanden. Eine Weinflasche war geöffnet worden, aber das dane-
benstehende Glas war leer. Offenbar hatte die Zeit gefehlt, um noch
einzuschenken. Und warum befand sich nur ein Glas auf dem Tisch?
Mona wusste nicht, ob sie dies für ein gutes oder ein schlechtes
Zeichen halten sollte. Von der Küche führte eine Verbindungstür
direkt zum Wohnzimmer, das über einen separaten Essbereich
verfügte. Und auf einem dieser Esszimmerstühle saß Gudrun
Welling, an Armen und Fußgelenken gefesselt. Sie war mit einem
Halstuch geknebelt worden und starrte die Polizisten aus weit
aufgerissenen Augen an. Mona eilte zu ihr hin und befreite sie
zunächst von dem Stück Stoff, das sie am Reden hinderte. Die
Urlauberin rang nach Luft, ihre Augen waren gerötet, die Wangen
feucht. Offenbar hatte sie geweint, bevor die Kommissare erschienen
waren. Nun hatte sie keine Tränen mehr.

»Sind Sie verletzt, Frau Welling?«, fragte die Ermittlerin, während sie die Knoten zu lösen begann. Auf den ersten Blick konnte sie keine offenen Wunden erkennen. Für die Fesselung war offenbar eine Wäscheleine benutzt worden.

Gudrun Welling schüttelte den Kopf: »Nein, ich … aber Timo … Sie müssen ihn retten … dieser Irre hat ihn verschleppt …«

Mona befreite die Gefangene weiterhin von ihren Fesseln und half ihr beim Aufstehen. Enno schaute sich in allen Räumen des Ferienhauses um. Er kehrte zu den beiden Frauen zurück, wobei er seine Waffe wieder ins Holster schob: »Es sind keine weiteren Personen hier. – Ich rufe jetzt erst mal einen Arzt.«

»Mir fehlt nichts!«, begehrte Gudrun Welling auf. »Suchen Sie lieber nach Timo – wer weiß, was dieser Verrückte ihm antut!«

»Natürlich kümmern wir uns darum, aber wir benötigen mehr Informationen«, sagte Mona freundlich, aber bestimmt. »Am besten trinken Sie erst einmal etwas. Ich war auch schon mal geknebelt. Das ist ein mieses Gefühl, nicht wahr? Es kommt einem vor, als ob man trockenes Stroh in der Kehle hätte.«

Die Urlauberin warf der Kommissarin einen verblüfften Blick zu. So, als ob sie es völlig unglaublich fände, dass Mona auch schon einmal gefangen gewesen war. Aber dann ließ sie sich in die Küche führen. Dort nahm Gudrun Welling auf einem Stuhl Platz. Der Oberkommissar telefonierte kurz, dann steckte er sein Smartphone wieder weg: »Dr. Siemers macht sich gleich auf den Weg hierher.«

Mona hatte eine Flasche Mineralwasser aus dem Kühlschrank geholt und ein Glas mit der kalten Flüssigkeit gefüllt. Gudrun Welling trank es auf ex aus, danach hörte sich ihre Stimme etwas weniger rau an: »Ich habe jedes Zeitgefühl verloren. Es kommt mir vor, als ob ich eine halbe Ewigkeit lang gefesselt gewesen wäre.«

Die Ermittlerin vergegenwärtigte sich, dass das Blut auf der Schwelle noch nicht getrocknet war. Angesichts der intensiven Sonneneinstrahlung hier in Strandnähe konnte es vor nicht allzu langer Zeit vergossen worden sein. Mona sagte: »Am besten erzählen Sie uns, was sich genau ereignet hat. Jede Einzelheit kann wichtig sein.«

Gudrun Welling schenkte sich erneut Wasser ein und begann mit ihrem Bericht: »Timo und ich saßen auf der Terrasse hinter dem Haus. Wir genossen das schöne Wetter, und er führte mir ein paar Kunststücke vor. Er ist wirklich ein außergewöhnlicher Mensch – wie ein großes Kind, mit einem Herzen aus Gold. Plötzlich klingelte es an der Tür. Ich wollte zuerst gar nicht aufmachen, aber dann siegte doch meine Neugier. Außerdem befürchtete ich, dass Sie uns wieder stören wollten. Doch draußen stand ein Mann, den ich noch nie zuvor gesehen hatte.«

»Können Sie ihn beschreiben?«, warf Enno ein.

»Er war groß, blond, athletisch und glattrasiert. Er trug ein weißes Hemd mit kurzen Ärmeln und knielange dunkelblaue Shorts. Bevor ich ihn auch nur ansprechen konnte, schob er mich einfach zur Seite und drang ins Haus ein. Er herrschte mich an: ›Wo ist Timo?‹ Ich war viel zu perplex, um antworten zu können. Im nächsten Moment kam mein Freund herein, er hatte sich ja noch auf der Terrasse aufgehalten. Timo kannte den Fremden. Er sagte: ›Du bist also gekommen.‹ Daraufhin zog der andere eine Pistole aus seinem Hosenbund. Ich hatte sie zuerst nicht bemerkt, weil er das Hemd darüber trug. Mir blieb fast das Herz stehen. Er forderte uns auf, die Hände hochzunehmen. Timo bat ihn, mich in Ruhe zu lassen. Ich hätte mit der ganzen Sache nichts zu tun. Als Nächstes zwang der Verbrecher Timo, mich zu fesseln und zu knebeln. ›Wie geht es weiter?‹, fragte Timo. Der Kerl erwiderte: ›Wir machen jetzt einen Spaziergang.‹ – ›Und wenn ich nicht will?‹, erwiderte mein Freund. Daraufhin schlug dieser brutale Kerl meinem Freund mit der Pistole ins Gesicht und stieß ihn vor sich her aus dem Haus.«

Ihre eigenen Worte schienen Gudrun Welling stark aufgewühlt zu haben. Sie hatte zuletzt immer schneller – fast gehetzt – gesprochen.

»Da Sie auf einem Stuhl sitzend verharren mussten, konnten Sie natürlich nicht erkennen, in welche Richtung die beiden Männer verschwunden sind«, stellte Enno fest.

»Richtig, Herr Moll – und nun unternehmen Sie doch bitte endlich etwas! Mein Freund ist in der Gewalt eines gnadenlosen Kriminellen!«

Gudrun Welling rang verzweifelt die Hände, während sie diese Sätze hervorstieß. Mona fand es bemerkenswert, dass sie Timo schon nach so kurzer Bekanntschaft als ihren Freund betrachtete. Aber momentan waren andere Punkte viel wichtiger. Wer konnte der Unbekannte mit der Pistole sein? Nach Meinung der Kommissarin kam nur Ben Lorenz infrage. Und woher wusste er, wo sein Bruder zu finden war? Diese Erkenntnis hatte er natürlich dem Tracking-Programm zu verdanken, das auf Timos Handy installiert war. Ob Ben wirklich vorhatte, seinen eigenen Bruder zu erschießen? Wenn ja –

warum war dies nicht schon in dem Ferienhaus geschehen? Und aus welchem Grund wollte er Gudrun Welling offenbar verschonen? Während Mona diese Überlegungen durch den Kopf schwirrten, war von draußen Motorengeräusch zu hören. Enno ging zur Eingangstür, um zu öffnen. Gleich darauf kehrte er in Begleitung von Dr. Siemers zurück. Mona erklärte kurz, was geschehen war. Dann verließen die Kommissare die Küche, damit der junge glatzköpfige Arzt seine Patientin in Ruhe untersuchen konnte.

»Sind wir uns einig darüber, dass Timo von seinem eigenen Bruder entführt wurde?«, vergewisserte der Ostfriese sich mit gedämpfter Stimme.

»Ja, Ben will jetzt Nägel mit Köpfen machen«, gab Mona ebenso leise zurück, »die Schwester hat er bereits beseitigen lassen ... aber es ist ein Unterschied, ob man eine Person durch einen Handlanger erwürgen lässt oder selbst zur Waffe greifen muss. Ben Lorenz kann aber noch nicht wissen, dass sein Helfer Lars Töpfer verhaftet wurde. Wenn er dies erfährt, wird er hoffentlich die Aussichtslosigkeit seines Vorhabens erkennen. Wobei mir ohnehin nicht klar ist, warum Ben Lorenz nun höchstpersönlich auf unserer Insel erschienen ist.«

»Weit können der Entführer und seine Geisel noch nicht gekommen sein«, dachte der Oberkommissar laut nach. Er fuhr fort: »Wir befinden uns hier in einer sehr einsamen Gegend – ideale Voraussetzungen, um eine Leiche spurlos verschwinden zu lassen. Wir sollten Verstärkung anfordern, um nach den Brüdern zu suchen, aber bis die Kollegen hier sind, müssen wir selbst nach Timo und Ben Ausschau halten.«

»Ich versuche, Timos Handy zu orten«, schlug Mona vor. »Wenn wir Glück haben, ist es nicht abgeschaltet.«

Sie hatte dem Artisten das Gerät zurückgegeben, nachdem sich der Mordverdacht gegen ihn zerschlagen hatte. Die Kommissarin aktivierte ihr Ortungsprogramm und gab die Nummer des Entführten ein. Während die Suche lief, kam Dr. Siemers aus der Küche: »Die Dame leidet unter einem Schock, ich habe ihr eine Beruhigungsspritze gegeben.«

»Könnten Sie Frau Welling mit zurück in den Ort nehmen?«, bat Mona. »Sie sollte nicht allein hier im Ferienhaus bleiben, während wir in der Umgebung nach einem Bewaffneten suchen. Es wäre möglich, dass er zurückkehrt.«

»Ja, das mache ich selbstverständlich«, versicherte der Arzt. Die Ermittlerin versprach Gudrun Welling, sie sofort zu informieren, sobald Timo gefunden wurde.

»Bitte retten Sie meinen Freund!«, bat die Urlauberin, bevor sie zu Dr. Siemers ins Auto stieg. Inzwischen war die Handyortung beendet. Das Programm lokalisierte das Gerät des Artisten ungefähr einen Kilometer vom Ferienhaus entfernt, mitten in der Dünenlandschaft. Enno erstattete Oltbeck mit dem Handfunkgerät Bericht und bat um Verstärkung. Der Chef versprach, einige Kollegen ins Ostland zu schicken. Die Kommissare machten sich zu Fuß auf den Weg zu dem Punkt, wo sie Timo vermuteten. Dorthin führte ohnehin keine Straße. Sie erklommen einen Dünenkamm, von dem aus sie die Landschaft betrachten konnten. Mona entdeckte Fußspuren, die aber auch von anderen Personen stammen konnten. Das Ostland war insbesondere bei den Feriengästen beliebt, die nach Ruhe und Einsamkeit suchten. Hier konnte man am Strand gelegentlich sogar Seehunden begegnen, und die drangvolle Enge an beliebten Badebuchten gab es hier einfach nicht. In der weitläufigen Senke auf der anderen Seite der Düne war kein Mensch zu sehen, nur hier und da wucherndes Dünengras.

»Das Telefon muss hier irgendwo sein«, meinte Mona, während die beiden sich an den Abstieg machten.

»Es ist immerhin ein gutes Zeichen, dass wir keine weiteren Blutspuren gefunden haben«, sagte Enno. »Wahrscheinlich hatte Timo kurz Nasenbluten, nachdem sein Bruder ihn mit der Pistole geschlagen hat. Daraufhin wird der Artist sich ein Taschentuch gegen seinen Zinken gepresst haben, wodurch er die Blutung stoppen konnte.«

Als die Ermittler die Talsohle des Kessels erreicht hatten, bemerkte Mona neben zahlreichen Fußspuren das Mobiltelefon. Es war zur Hälfte im Sand verborgen gewesen. Sie vermutete: »Entweder hat Timo das Handy wieder einmal verloren oder sein Bruder hat es ihm abgenommen. Immerhin wissen wir nun, in welche Richtung sie sich bewegt haben. Die Fährte konnte noch nicht vom Wind verweht werden, Glück muss man haben!« Sie zeigte auf die Fußabdrücke, die von zwei Personen stammten, die den Weg zum Strand eingeschlagen hatten.

»Wenn Ben seinen Bruder hätte töten und verscharren wollen, wäre hier dafür ein guter Platz gewesen«, vermutete Enno und deutete auf die Umgebung. Natürlich blieben die Ermittler nicht zwischen den Dünen stehen, sondern folgten der Spur im Sand.

Mona erwiderte: »Ja, Ben will Timo nicht umbringen – zumindest noch nicht. Wahrscheinlich wird er ihn erst in Ruhe ausquetschen wollen, wer außer den beiden Brüdern noch von der unehelichen Schwester weiß.«

Die Kommissare hörten bereits das Rauschen der Brandung, bevor sie hinter der nächsten Düne das Meer erblickten. Vor ihnen breitete sich der weite und menschenleere Strand aus – hier im Borkumer Ostland auch mitten in der Hauptsaison ein normaler Anblick. Mona wäre es lieber gewesen, wenn sie die beiden Gesuchten zumindest von Weitem hätte sehen können. Jetzt stellte sich nämlich die Frage, ob die Polizisten sich nach links oder rechts wenden sollten. Nur eine Richtung würde sie zu den Brüdern führen. Mona hatte bereits ihre Sonnenbrille aufgesetzt, denn das auf dem hellen Sand reflektierende Licht schadete ihren Augen. Da erblickte sie im Osten einen kleinen roten Punkt. Sie rannte darauf zu. Im Näherkommen bemerkte sie, dass es sich um eine Jonglierkugel handelte. Enno kam hinter ihr her gekeucht. Wegen seines Alters und seines Übergewichts konnte er natürlich nicht so schnell laufen wie sie.

»Ich versuche, die beiden einzuholen«, schlug sie vor, »du folgst mir und lotst die Kollegen hierher, einverstanden? So können wir Ben Lorenz einkesseln.«

»Es gefällt mir nicht, dass du dem Täter zuerst allein gegenübertreten musst«, stellte der Ostfriese klar, »aber einen besseren Plan habe ich leider nicht.«

»Ich werde schon auf mich aufpassen!«, versicherte sie und warf Enno eine Kusshand zu. Dann sprintete Mona los. Sie trainierte regelmäßig, denn die Insel bot zahlreiche Wege für ein abwechslungsreiches und forderndes Laufprogramm. Für die Kommissarin war es auch nicht ungewöhnlich, im weichen Sand zu rennen. Es war praktisch unmöglich, bei diesen Bodenverhältnissen schnell voranzukommen. Daher bewegte sie sich bis hinunter zum Spülsaum. Dort wurde der Sandboden rhythmisch mit Meerwasser getränkt, entsprechend härter war der Untergrund. Mona nahm Tempo auf. Ihr Blick suchte die Landschaft vor sich ab. Nach einer Weile glaubte sie, zwei kleine schwarze Punkte zu bemerken. Natürlich konnten es andere Wanderer oder Jogger sein, die ebenfalls die Abgeschiedenheit suchten. Die Kommissarin war sowohl in ihrer Freizeit als auch im Dienst oft genug am Strand unterwegs. Die Weitläufigkeit des breiten Sandbandes war enorm, Menschen erschienen auf die Distanz klein wie

Ameisen. Doch die Kommissarin spürte, dass sie die richtigen Personen vor sich hatte. Oltbeck hätte nichts auf ihre innere Stimme gegeben; aber je näher sie den beiden kam, desto stärker verfestigte sich ihre Annahme. Timo wurde von einem anderen Mann vor sich her getrieben. Die beiden bewegten sich von der Kommissarin weg, offenbar hatten sie ihre Verfolgerin noch nicht bemerkt. Aber es war nur eine Frage der Zeit, bis dies geschehen würde. Mona zog ihre Dienstwaffe. Sie wollte nicht schießen, wenn es sich irgendwie vermeiden ließ. Allerdings würde Ben Lorenz sich wahrscheinlich nicht widerstandslos festnehmen lassen. Er hatte zwei eiskalte Morde in Auftrag gegeben und seinen eigenen Bruder unter Anwendung von Gewalt verschleppt. Mona war ungefähr auf Steinwurflänge an die beiden herangekommen, als Ben sich umdrehte – und auf sie zielte. Sie richtete ihre Pistole ebenfalls auf ihn.

»Polizei! Werfen Sie die Waffe weg!«, rief sie gellend. Der Täter war ein attraktiver Mann, genau wie sein Bruder. Sie versuchte, ihren Widersacher einzuschätzen. Er wirkte keineswegs panisch oder völlig neben sich stehend. Vielmehr schien er entschlossen zu sein. Ben Lorenz leitete ein bedeutendes Unternehmen, er musste gewiss oft weitreichende Entscheidungen treffen. Und das tat er auch in diesem Moment, weil er sich nämlich *nicht* ergab. Mona kniff die Augen zusammen, was er wegen ihrer Sonnenbrille natürlich nicht sehen konnte. Die Vorschrift besagte, dass ein Angreifer im Notfall durch einen Schuss in die Beine kampfunfähig zu machen sei. Ob dies in der Praxis stets funktionierte, bezweifelte die Kommissarin stark. Selbst, wenn Ben Lorenz am Boden lag, würde er immer noch eine tödliche Waffe in der Hand halten und sie gegen die Ermittlerin einsetzen können. Obwohl sie sich auf ihren Gegner zu konzentrieren versuchte, warf sie Timo einen kurzen Seitenblick zu. Er presste ein mit Blut durchtränktes Papiertaschentuch gegen seine linke Augenbraue. Sein Gesichtsausdruck zeigte eine Mischung aus Bestürzung und Panik. Von seinem Bruder war er momentan fünf oder sechs Schritte weit entfernt. Der Artist hatte jetzt die Chance zur Flucht. Aber er nutzte sie nicht. Hatte die Angst vor der Schusswaffe ihn erstarren lassen? Mona konnte es nur vermuten. Es waren erst wenige Sekunden vergangen, seit sie die Brüder gestellt hatte. Doch es kam ihr so vor, als ob die Zeit ganz besonders langsam verstreichen würde – oder sogar stillstand. Ben Lorenz grinste spöttisch: »Wann waren Sie das letzte Mal auf dem Schießstand? Ich glaube nicht, dass eine Inselpolizistin allzu oft ihre Pistole einsetzen muss.«

»Ich würde es an Ihrer Stelle nicht darauf ankommen lassen!«, warnte sie. Und stellte sich gleichzeitig die Frage, warum Ben Lorenz sich über sie lustig machte, anstatt sofort zu schießen. Für Mona war es höchst sinnvoll, auf Zeit zu spielen – je länger sie die Entscheidung hinauszögerte, desto näher würden Enno und die angeforderte Verstärkung kommen. Wenn die Polizei erst einmal zahlenmäßig überlegen war, würde dem Verbrecher seine Waffe nicht mehr wirklich viel nützen. Aber warum zögerte Ben Lorenz? War er doch nicht so abgebrüht, wie er sich gab? Eine andere Erklärung erschien Mona viel plausibler: Er wollte seine Macht und sein Überlegenheitsgefühl auskosten. Es reichte ihm nicht, die Kommissarin niederzuschießen – er wollte sie vorher zusätzlich kleinmachen. Allerdings hatte sie nicht vor, sich auf dieses Spiel einzulassen. Und es gab noch jemand anderen, der dem Täter einen Strich durch die Rechnung machen wollte – nämlich Timo. Der Artist schien seine Schockstarre überwunden zu haben. Er ging ein paar Schritte rückwärts, um den Abstand zwischen sich und seinem Bruder zu vergrößern. Im ersten Moment vermutete Mona, dass er abhauen wollte. Aber das war nicht seine Absicht. Erst jetzt bemerkte sie die Umhängetasche, die Timo über der Schulter trug. Er griff hinein, holte einen Jonglierball heraus – und warf ihn mit voller Wucht gegen den Kopf seines Bruders. Damit hatte Ben Lorenz nicht gerechnet. Offenbar hielt er es für unwahrscheinlich, dass von Timo eine Gefahr ausgehen konnte. Der Artist landete jedenfalls einen Volltreffer. Ben geriet ins Schwanken. Er stieß einen Wutschrei aus und richtete seine Pistole auf seinen Bruder. Doch bevor er schießen konnte, sprang die Kommissarin vorwärts und trat mit ihrer Schuhspitze gegen sein Handgelenk. Die Schusswaffe flog in hohem Bogen in den Sand. Schlagartig war Ben Lorenz wehrlos. Und dies wurde ihm bewusst, wie die Kommissarin an seinem entsetzten Gesichtsausdruck erkennen konnte.

»Hände hoch! Auf die Knie!«, kommandierte sie. Ben Lorenz gehorchte, was sie noch vor wenigen Augenblicken für völlig undenkbar gehalten hätte. Ob ihm bewusst wurde, dass er sich in seinem Bruder getäuscht hatte? Mona wusste es nicht. Sie näherte sich Lorenz mit größter Vorsicht von hinten und schaffte es, ihm Handschellen anzulegen. Erst dann griff sie zum Funkgerät: »Ich habe gerade eine Verhaftung vorgenommen, Enno!«

Kapitel 18

Eine Stunde später sah die Welt schon viel erfreulicher aus. Timo war ins Krankenhaus gebracht worden, damit seine Platzwunde geklammert wurde – und Gudrun Welling ihren »Freund« wieder in ihre Arme schließen konnte. Natürlich wollten die Kommissare unbedingt erfahren, was sich zwischen den beiden Brüdern abgespielt hatte. Der Artist erklärte sich dazu bereit, noch am selben Tag ihre Fragen zu beantworten. Ben Lorenz war durchsucht und in eine Arrestzelle gesteckt worden. Er verweigerte die Aussage und bestand auf einem Strafverteidiger, der aber erst am nächsten Tag auf der Insel würde eintreffen können. Von dem Tatverdächtigen konnte man also erst einmal keine Informationen erwarten. Dafür war sein Bruder umso auskunftsfreudiger. Er saß auf Monas Besucherstuhl in ihrem Dienstzimmer und hatte eine große Tasse Tee vor sich.

»Ich kann dir gar nicht oft genug danken«, sagte er zu ihr – und warf ihr einen schmachtenden Blick zu, der sie für einen kurzen Moment an ihrer Treue zu Jan zweifeln ließ. Doch dann hatte sie sich wieder im Griff.

»Wir haben uns gegenseitig geholfen«, betonte sie. »Du hast am Strand eindrucksvoll bewiesen, dass man mit Bällen nicht nur jonglieren kann. – Und jetzt möchten wir gern von dir erfahren, wie es überhaupt zu dieser Situation kam.«

Enno war natürlich auch anwesend, und er schaute den Artisten genauso gespannt an, wie seine Kollegin es tat. Timo nahm einen Schluck Tee und sagte: »Ich bin wohl selbst schuld, weil ich so naiv gewesen bin. Ben rief mich gestern an und erkundigte sich nach meinem Wohlbefinden. Wir stehen uns nicht nahe, das habe ich euch ja schon erzählt. Aber trotzdem sind wir Brüder – und ich habe dummerweise geglaubt, er wäre plötzlich etwas zugänglicher geworden. Ich wurde noch nicht einmal misstrauisch, als er mich besuchen und unter vier Augen mit mir sprechen wollte.«

»Dabei hattest du ihn doch schon im Verdacht, hinter dem Mord an Merle zu stecken«, erinnerte Mona.

»Ja, wobei ich immer noch hoffte, mich zu täuschen – und ich hätte schwören können, dass Ben von dem Seitensprung unseres Vaters nichts wusste. Wahrscheinlich war das Wunschdenken. Ich bin eben nur ein Träumer, der am Strand mit Bällen jongliert«, meinte Timo.

Enno hakte nach: »Also hast du Ben verraten, bei wem du aktuell auf Borkum wohnst?«

»Ja, genau. – Und dann stand er heute plötzlich bei Gudrun vor der Tür. Als ich dann die Pistole in seiner Hand sah, wurde mir klar, wie weltfremd ich gewesen bin. Ich hätte es besser wissen müssen.«

Die Kommissarin konnte nachvollziehen, wie der Artist sich fühlen musste. Es war ein mieses Gefühl, sich so stark in einem Menschen getäuscht zu haben. Aber jetzt ging es nicht um ihre Empfindungen, sondern um die endgültige Lösung des Mordfalls: »Hat Ben gesagt, warum er dich aus Frau Wellings Haus verschleppt hat, Timo?«

»Nicht direkt. Er meinte nur, dass ich es bereuen würde, mit Merle unter einer Decke gesteckt zu haben. Dabei hatte ich mich gegenüber unserer Schwester bewusst zurückgehalten, Mona! Ich hätte sie niemals so einfach damit überrumpelt, dass ich ihr Bruder bin. So etwas muss man einem Menschen doch schonend beibringen … und nun ist es sowieso zu spät.«

Der Artist ließ den Kopf hängen, wirkte plötzlich sehr traurig. Mona hätte ihn am liebsten in die Arme genommen, aber das war keine gute Idee. In diesem Moment war sie ganz besonders erleichtert über Ennos Anwesenheit. Andernfalls hätte sie vielleicht eine Dummheit gemacht. Sie riss sich aus ihrem Gedankensumpf und sagte: »Ja das bedauern wir auch sehr. – Das wäre dann für den Moment alles, Timo. Du kannst wieder zu deiner Freundin ins Ferienhaus. Die Kriminaltechniker sind dort schon fertig, die Nachricht haben wir vor Kurzem bekommen.«

»Danke, Mona. – Ich hoffe, dass wir uns bald wiedersehen.«

Mit diesen Worten verließ Timo das Dienstzimmer. Die Kommissarin lächelte ihm hinterher. Für ihren Seelenfrieden würde es besser sein, wenn dies ein Abschied für immer war.

*

Am nächsten Morgen sah die Welt schon wieder viel erfreulicher aus. Das lag nicht nur an dem strahlend schönen Sonnenaufgang über dem Nordsee-Horizont, sondern auch an einer Nachricht aus Frankfurt, die Mona auf ihrem Schreibtisch vorfand.

»Hast du schon gelesen, was die hessischen Kollegen uns auf dem Silbertablett servieren, Enno?«

»Ich würde es mir doch nie erlauben, in deine Unterlagen zu linsen«, beteuerte der Oberkommissar mit Unschuldsmiene.

»Das ist schon klar«, erwiderte sie grinsend, »die Kernaussage lautet jedenfalls, dass Töpfer ein komplettes Geständnis abgelegt hat und seinen Chef schwer belastet. Ben Lorenz hat ihn angeheuert und bezahlt. Und jetzt ist endlich auch das Rätsel des Mordes an Katja Brunk gelöst. Sie ist ein tragisches Opfer, denn eigentlich sollte Töpfer ausschließlich Merle umbringen. Dieser Trottel hielt Katja für Merle und erwürgte sie. Anschließend fotografierte er seine Tat und schickte Ben Lorenz das Bild. Der Auftraggeber war natürlich gar nicht zufrieden. Also musste sein unterbelichteter Helfer die Tat am nächsten Tag wiederholen.«

»Haben die Frankfurter Kollegen auch gefragt, warum Merle Kaffee für zwei Personen vorbereitet hatte?«, wollte Enno wissen, während er seiner Kollegin den ersten Tee des Tages eingoss. Sie blinzelte ihm dankbar zu.

»Davon steht zumindest nichts in diesem Protokoll«, erwiderte die Kommissarin, »vielleicht hat sie ja eine ganz andere Person erwartet, die dann einfach nicht gekommen ist? Eigentlich ist dieser Punkt jetzt nicht mehr so wichtig, weil Töpfer beide Taten gestanden hat. Ich kann es kaum erwarten, Ben Lorenz damit zu konfrontieren.«

Zunächst mussten sich die Kriminalisten allerdings in Geduld üben, denn Ben Lorenz' Staranwalt Dr. Klee traf zwar an diesem Vormittag mit einem Inselflieger ein, ließ sich aber sehr viel Zeit mit seinem Mandantengespräch. Enno dachte laut nach: »Ob Ben Lorenz schon weiß, dass sein Handlanger gesungen hat wie eine Nachtigall?«

»Falls nicht, dann wird er es bald erfahren«, meinte Mona grimmig. »Und was seine Verbrechen betrifft, die er hier auf der Insel höchstpersönlich begangen hat, so kann er seinen Kopf ohnehin nicht mehr aus der Schlinge ziehen.«

Die Kommissare mussten noch zwei weitere Tassen von der starken Assam-Mischung trinken, bevor Polizeimeister Hauke Knudsen sie in den Verhörraum rief. Ben Lorenz und sein Strafverteidiger Dr. Roland Klee hatten bereits Platz genommen. Der renommierte Rechtsanwalt sah nach Monas Meinung in seinem Nadelstreifen-Maßanzug wie ein Dressman aus. Das bedeutete allerdings nicht, dass er die Chancen seines Mandanten würde verbessern können. Nachdem die Kriminalisten sich mit dem Juristen bekanntgemacht hatten, ging er sofort zum Angriff über: »Es gibt keinerlei Verbindung zwischen den beiden Morden und Herrn Lorenz, daher trägt er dafür überhaupt keine Verantwortung. – Was seine gestrigen Handlungen anbelangt, so befand er sich kurzzeitig in einem psychischen Ausnahmezustand, bedingt durch den kürzlichen Tod seines Vaters. Ich werde ein psychiatrisches Gutachten nachreichen, das seine Schuldunfähigkeit belegt.«

Diese Karte willst du also ausspielen?, fragte die Kommissarin Dr. Klee in Gedanken. Sie lächelte ihn an und fragte: »Momentan ist Ihr Mandant wieder klar im Kopf?«

Der Strafverteidiger runzelte die Stirn: »Ich bin kein Nervenarzt, wie Ihnen zweifellos bekannt sein dürfte. Herrn Lorenz' aktueller Geisteszustand spielt auch keine Rolle, da er heute keine Aussage machen möchte. Sie können mit mir sprechen.«

Mona erwiderte: »Gut, dann teile ich *Ihnen* mit, dass der Mörder von Merle Levers und Katja Brunk ein Angestellter Ihres Mandanten ist. Dies allein beweist natürlich noch nichts. Aber Lars Töpfer – so heißt der Täter – hat ein Geständnis abgelegt. Er ist von Ben Lorenz zu den Morden angestiftet worden, und zwar gegen eine Zahlung von 50.000 Euro.«

Dr. Klees Gesicht nahm einen arrogant wirkenden Ausdruck an: »Das ist ja hochinteressant, was Sie sich so zusammenreimen, Frau Sander. Aber selbst Sie als einfache Inselpolizistin sollten wissen, dass eine bloße Beschuldigung noch gar nichts aussagt.«

Die Kommissarin zuckte mit den Schultern: »Wie Sie meinen. Tatsache ist, dass bei Lars Töpfer das gesamte Blutgeld in bar sichergestellt wurde. Natürlich könnte er es auch aus anderen Quellen bezogen haben, das versteht sogar eine *einfache Inselpolizistin*. Und Töpfer ist unter uns gesagt keine Intelligenzbestie. Aber er war clever genug, ein persönliches Gespräch mit Ihrem Mandanten heimlich mitzuschneiden. Meine Frankfurter Kollegen haben diese Audio-Aufnahme in Händen. Ich konnte sie leider noch nicht hören. Aber ich bin sicher, dass der Richter sich brennend dafür interessieren wird.«

In diesem Moment brannten bei Ben Lorenz die Sicherungen durch. Er warf sein selbst auferlegtes Schweigegelübde über Bord: »Merle Levers *musste* sterben! Ich schufte doch nicht Tag und Nacht für *Lorenz Filter*, damit diese halbseidene Steuerbetrügerin sich ins gemachte Nest setzt. Und am Tod ihrer Freundin trifft mich nun wirklich keine Schuld – wie hätte ich ahnen sollen, dass dieser Voll-trottel Töpfer versehentlich die falsche Frau erwürgt?!«

Dr. Klee warf seinem Mandanten einen Unheil verkündenden Blick zu, bevor er sich an die Kommissare wandte: »Ich bitte darum, mich erneut mit Herrn Lorenz beraten zu dürfen.«

Mona fand, dass der Strafverteidiger sich jetzt schon viel weniger selbstherrlich anhörte.

»Wie Sie wünschen«, gab der Oberkommissar freundlich zurück, »meine Kollegin und ich trinken in der Zwischenzeit noch einen Tee.«

Die Ermittler gingen hinaus. Als sie in ihrem Dienstzimmer ange-kommen waren, fragte Mona: »Können wir den Fall nach diesem Gefühlsausbruch des Drahtziehers als abgeschlossen betrachten?«

»Ja, das denke ich«, erwiderte Enno, »und trotz meiner jahrzehnte-langen Erfahrung habe ich soeben etwas Neues gelernt.«

Die Kommissarin warf ihm einen fragenden Blick zu.

»Der Anzug eines Rechtsanwalts kann noch so elegant sein – das nützt ihm nichts, wenn sein Mandant aus der Reihe tanzt«, erklärte der Ostfriese schmunzelnd. Daraufhin brachen die beiden in ein be-freiendes Gelächter aus.

ENDE

Ostfrieslandkrimi-Empfehlungen
des Klarant Verlages

Lernen Sie die Ostfrieslandkrimi-Serie »**Mona Sander und Enno Moll ermitteln**« von **Sina Jorritsma** kennen:

Friesische Inselidylle? Von wegen! Auf der ostfriesischen Insel Borkum lösen Kommissarin Mona Sander und ihr Kollege Enno Moll knifflige Mordfälle. Die emotionale Kommissarin geht bei der Verbrecherjagd gerne ihren eigenen Weg und scheut dabei kein Risiko ... Bei der Krimireihe der Autorin Sina Jorritsma ist Hochspannung garantiert!

In der Serie sind bereits folgende Ostfrieslandkrimis erschienen:

»Friesenbraut«, Band 1
Taschenbuch-ISBN: 978-3-95573-557-9
eBook-ISBN: 978-3-95573-556-2

Auf der ostfriesischen Insel Borkum verschwindet eine Braut kurz vor der Eheschließung. Zunächst glauben die Kommissare Mona Sander und Enno Moll noch an einen dummen Streich. Aber wenig später wird das blutverschmierte Brautkleid gefunden. Ist die dunkelhaarige Schönheit einem Gewaltverbrechen zum Opfer gefallen? Die Inselkommissare finden Indizien, die aber nicht zusammenpassen. Hat der undurchsichtige Exfreund der Braut seine Hände im Spiel? Wer war an den geheimen Sex-Spielen im Ferienhaus beteiligt? Und welches Interesse verfolgt der machtbesessene zukünftige Schwiegervater? Dann findet die Polizei eine Leiche – und muss feststellen, dass die Dinge ganz anders sind, als sie auf den ersten Blick scheinen. Die Mörderjagd versetzt nicht nur die friedliche Nordseeinsel in Aufruhr, sondern wird auch zur persönlichen Herausforderung für Mona Sander. Sie wird selbst zur Zielscheibe des Mörders ...

»Friesenkreuz«, Band 2
Taschenbuch-ISBN: 978-3-95573-552-4
eBook-ISBN: 978-3-95573-600-2

»Friesenlauf«, Band 3
Taschenbuch-ISBN: 978-3-95573-553-1
eBook-ISBN: 978-3-95573-618-7

»Friesenflirt«, Band 4
Taschenbuch-ISBN: 978-3-95573-542-5
eBook-ISBN: 978-3-95573-541-8

»Friesenwahn«, Band 5
Taschenbuch-ISBN: 978-3-95573-622-4
eBook-ISBN: 978-3-95573-623-1

»Friesenstalker«, Band 6
Taschenbuch-ISBN: 978-3-95573-688-0
eBook-ISBN: 978-3-95573-701-6

»Friesenjuwel«, Band 7
Taschenbuch-ISBN: 978-3-95573-764-1
eBook-ISBN: 978-3-95573-765-8

»Friesenwrack«, Band 8
Taschenbuch-ISBN: 978-3-95573-796-2
eBook-ISBN: 978-3-95573-797-9

»Friesenbarbier«, Band 9
Taschenbuch-ISBN: 978-3-95573-833-4
eBook-ISBN: 978-3-95573-832-7

»Friesenstrand«, Band 10
Taschenbuch-ISBN: 978-3-95573-875-4
eBook-ISBN: 978-3-95573-876-1

»Friesenlist«, Band 11
Taschenbuch-ISBN: 978-3-95573-934-8
eBook-ISBN: 978-3-95573-935-5

»Friesenblues«, Band 12
Taschenbuch-ISBN: 978-3-95573-954-6
eBook-ISBN: 978-3-95573-955-3

»Friesenanker«, Band 13
Taschenbuch-ISBN: 978-3-96586-009-4
eBook-ISBN: 978-3-96586-010-0

»Friesenkoch«, Band 14
Taschenbuch-ISBN: 978-3-96586-105-3
eBook-ISBN: 978-3-96586-106-0

»Friesenwürger«, Band 15
Taschenbuch-ISBN: 978-3-96586-146-6
eBook-ISBN: 978-3-96586-145-9

»Friesentango«, Band 16
Taschenbuch-ISBN: 978-3-96586-164-0
eBook-ISBN: 978-3-96586-172-5

»Friesenbrauer«, Band 17
Taschenbuch-ISBN: 978-3-96586-201-2
eBook-ISBN: 978-3-96586-202-9

»Friesendiebin«, Band 18
Taschenbuch-ISBN: 978-3-96586-276-0
eBook-ISBN: 978-3-96586-277-7

»Friesenpoker«, Band 19
Taschenbuch-ISBN: 978-3-96586-321-7
eBook-ISBN: 978-3-96586-322-4

»Friesenleiche«, Band 20
Taschenbuch-ISBN: 978-3-96586-355-2
eBook-ISBN: 978-3-96586-356-9

»Friesentrick«, Band 21
Taschenbuch-ISBN: 978-3-96586-408-5
eBook-ISBN: 978-3-96586-409-2

»Friesenschatz«, Band 22
Taschenbuch-ISBN: 978-3-96586-450-4
eBook-ISBN: 978-3-96586-451-1

»Friesenmagier«, Band 23
Taschenbuch-ISBN: 978-3-96586-485-6
eBook-ISBN: 978-3-96586-486-3

»Friesenruine«, Band 24
Taschenbuch-ISBN: 978-3-96586-513-6
eBook-ISBN: 978-3-96586-514-3

»Friesenraub«, Band 25
Taschenbuch-ISBN: 978-3-96586-549-5
eBook-ISBN: 978-3-96586-550-1

»Friesenrichter«, Band 26
Taschenbuch-ISBN: 978-3-96586-560-0
eBook-ISBN: 978-3-96586-561-7

»Friesenhummer«, Band 27
Taschenbuch-ISBN: 978-3-96586-614-0
eBook-ISBN: 978-3-96586-615-7

»Friesenkugel«, Band 28
Taschenbuch-ISBN: 978-3-96586-627-0
eBook-ISBN: 978-3-96586-628-7

»Friesendolch«, Band 29
Taschenbuch-ISBN: 978-3-96586-649-2
eBook-ISBN: 978-3-96586-650-8

»Friesengeiz«, Band 30
Taschenbuch-ISBN: 978-3-96586-667-6
eBook-ISBN: 978-3-96586-668-3

»Friesendiva«, Band 31
Taschenbuch-ISBN: 978-3-96586-689-8
eBook-ISBN: 978-3-96586-690-4

»Friesenteich«, Band 32
Taschenbuch-ISBN: 978-3-96586-700-0
eBook-ISBN: 978-3-96586-701-7

»Friesensilber«, Band 33
Taschenbuch-ISBN: 978-3-96586-707-9
eBook-ISBN: 978-3-96586-708-6

»Friesenfisch«, Band 34
Taschenbuch-ISBN: 978-3-96586-742-0
eBook-ISBN: 978-3-96586-743-7

»Friesenduell«, Band 35
Taschenbuch-ISBN: 978-3-96586-764-2
eBook-ISBN: 978-3-96586-765-9

»Friesenwürfel«, Band 36
Taschenbuch-ISBN: 978-3-96586-795-6
eBook-ISBN: 978-3-96586-796-3

»Friesenradio«, Band 37
Taschenbuch-ISBN: 978-3-96586-831-1
eBook-ISBN: 978-3-96586-832-8

»Friesenartist«, Band 38
Taschenbuch-ISBN: 978-3-96586-847-2
eBook-ISBN: 978-3-96586-848-9

Klarant Verlag

Lernen Sie die Ostfrieslandkrimi-Titel des Klarant Verlages kennen und besuchen Sie uns im Internet unter:

www.ostfrieslandkrimi.de

und

www.klarant.de

Sie können dort Näheres über unsere Autorinnen und Autoren erfahren, viele weitere interessante Bücher und eBooks finden und Leseproben herunterladen. Mit dem kostenlosen Newsletter auf

www.ostfrieslandkrimi-lesen.de

erhalten Sie aktuelle Informationen rund um das Verlagsprogramm, wie beispielsweise spannende Neuerscheinungen und Gewinnspiele.